여덟 번째 생일을 맞는
사랑하는 친구
빅토리아를 위하여 빌이 이 책을
만들다.

The Wishing Tree

소원을 비는 나무

윌리엄 포크너 지음 | 김욱동 옮김

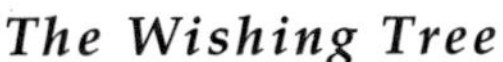

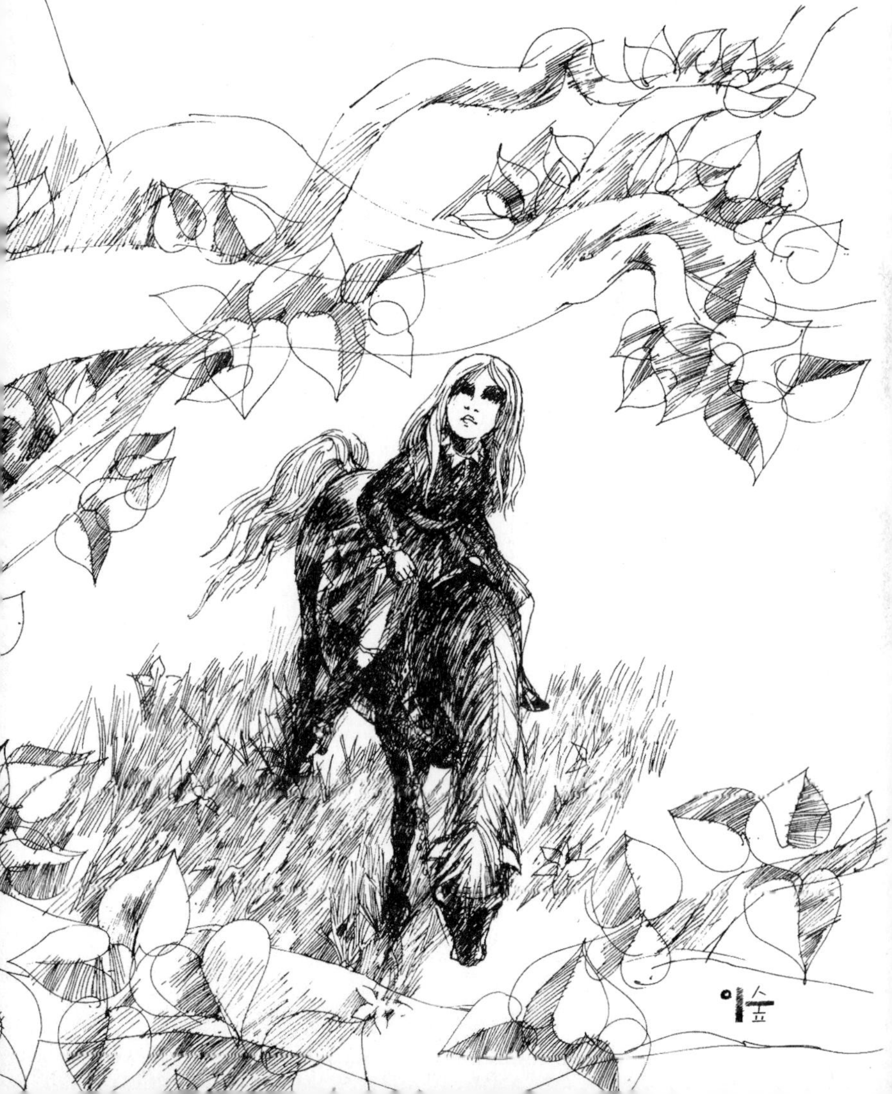

이숲

빅토리아 에게

"…… 나는 눈으로 음악을 보았고,
장중하고 잔잔한 종소리를 들었네.
내 대기에는 새봄의 잎사귀와 새의 진실이 담겨 있다네.

아, 이것이 사라지게 하라. 반드시 그래야만 하리.
또한 그대여, 슬퍼하지 말고 영원히 꿈꾸라.
그녀는 언제나 젊고 아름다우리."

The Wishing Tree

소원을 비는 나무

소녀는 아직 잠들어 있었지만, 잠에서 빠져나와 마치 풍선처럼 위쪽으로 솟아오르는 듯한 느낌이 들었다. 잠이라는 둥근 어항에 들어 있는 금붕어 같다고나 할까. 잠이라는 따스한 물속에서 점점 꼭대기를 향해 솟아오르고 있었다. 그러다가 잠에서 깨어날 참이었다.

마침내 소녀는 잠에서 깼지만, 곧바로 눈을 뜨지는 않았다. 그 대신 침대에서 따뜻하게 아주 가만히 누워 있었다. 마치 몸속에 또 다른 작은 풍선이 들어 있고, 그 풍선이 점점 커지면서 계속 위쪽으로 솟아오르는 듯했다. 그러다가 그것이 입까지 올라오면 펑! 하고 터져 천장까지 튀어 오를 참이었다. 몸속의 작은 풍선이 점점 커지면서 소녀의 몸통과 두 팔과 두 다리는 마치 페퍼민트 조각을 씹은 것처럼 상쾌해졌다. 도대체 무슨 일일까? 두 눈을 꼭 감은 채 어제 일을 기억하려고 애쓰면서 소녀는 생각에 잠겼다.

"네 생일이야." 가까이에서 이렇게 말하는 목소리가 들리자, 소녀는 갑자기 두 눈을 활짝 떴다. 그런데 침대 옆에 낯선 소년이 서 있지 않은가. 깡마르고 못생긴 얼굴에 머리칼은 너무 붉어 방 안이 환했다. 그 소년은 검은색 벨벳 양복에 붉은색 스타킹과 구두를 신고 어깨에는 아무것도 들어 있지 않은 큼직한 책가방을 메고 있었다.

"너 누구니?" 소녀가 놀란 표정으로 붉은 머리 소년을 쳐다보며 물었다.

"내 이름은 모리스야." 소년이 대답했다. 그의 두 눈에는 불똥 같은 이상야릇한 황금색 점들이 박혀 있었다. "어서 일어나."

소녀는 가만히 누운 채 주위를 둘러보았다. 참 이상하게도 방 안에는 모리스와 자기 말고는 아무도 없었다. 날마다 아침에 눈을 뜨면 어머니와 디키가 방 안에 있곤 했다. 그리고 곧바로 앨리스 아줌마가 들어와 옷을 입혀주고 학교에 갈 채비를 해주곤 했다. 하지만 오늘 방 안에는 침대 옆에 서서 황금빛 점이 박힌 이상한 눈으로 소녀를 내려다보고 있는 낯선 붉은 머리 소년밖에 없었다.

"어서 일어나." 소년이 다시 한 번 말했다.

"아직 옷을 안 입었어." 소녀가 대답했다.

"아냐. 넌 이미 옷을 입고 있어." 소년이 말했다. "그러니 어서 일어나."

소녀는 이불을 제치고 침대에서 나왔다. 아니나 다를까, 소녀는 이미 옷을 입고 있었다. ― 구두, 스타킹도 신었고, 눈동자 색과 어울리는 리본 달린 라벤더색의 새 드레스를 차려입고 있었던 것이다. 붉은 머리 소년은 창가로 가서 유리창에 얼굴을 바짝 붙이고 서 있었다.

"아직도 비가 오니?" 소녀가 물었다. "엊저녁에 비가 내리고 있었거든."

"이리 와서 봐." 소년이 말했다.

소녀는 소년 곁으로 다가가 창문 너머로 앙상한 나뭇가지에 빗방울이 뚝뚝 떨어지는 검은 나무들을 바라보았다.

"내 생일엔 비가 내리지 않았으면 좋겠는데." 소녀가 실망하여 말했다. "오늘은 비가 그칠 것 같은데, 안 그래?"

그러자 붉은 머리 소년은 소녀를 힐끗 보고 나서 얼굴을 돌렸다. 그러더니 창문을 들어 올렸다.

"아, 그러지 마!" 소녀는 소리를 지르다가 금세 멈췄다. 창문이 위로 올라가자마자 비와 검은 겨울나무 대신 등나무 냄새가 풍기는 부드러운 잿빛 안개가 보이고, 안개 속 저 아

래서 "내려와, 덜시! 내려와, 덜시!" 하고 부르는 목소리가 가늘게 들려왔기 때문이다. 소녀가 위쪽 창틀과 유리창을 통해 바라보았을 때에는 비가 내리고 을씨년스러운 검은 나무들이 서 있더니, 창을 열자 부드러운 등나무 냄새를 풍기는 안개가 보였고, 여럿이 "내려와, 덜시! 내려와, 덜시!" 하고 부르는 소리도 들렸던 것이다.

"참, 이상한 일도 다 있네!" 소녀가 붉은 머리 소년을 바라보며 말했을 때 소년은 큼직한 가방 안을 열심히 뒤지고 있었다.

"오늘이 네 생일이어서 그런 기야." 소년이 설명했다.

"하지만 전에는 내 생일에 이런 일이 일어난 적이 한 번도 없었거든."

"어쩌면 일어났는지도 몰라." 소년이 가방에서 무언가를 꺼내며 대답했다. "그래서 생일이지. 그리고 네 생일 전날 밤에……" 소년이 황금빛 반점이 있는 이상한 눈동자로 힐 끗 소녀를 바라보았다. "……침대에 들어갈 때 왼쪽 발을 먼 저 들여놓고 잠들기 전에 베개를 뒤집어놓으면 어떤 일이라 도 일어날 수 있어." 소년이 잘난 체하듯 덧붙여 말했다.

"아, 엊저녁에 내가 바로 그렇게 했어." 소녀가 말했다. "그런데 누가 나를 부르는 거야?"

"내려다보지 그러니?" 소년이 부추기자 소녀는 유리창 에 기대어 훈훈한 김이 나는 안개 속을 들여다보았다. 그랬 더니 아래에서 소녀를 올려다보고 있는 앨리스 아줌마와 디 키, 그리고 바로 길 건너편에 사는 조지의 모습이 보였다.

"어서 내려와, 덜시!"

"기다려!" 소녀가 그들에게 소리쳤을 때 붉은 머리 소년 은 다시 창가로 다가와 있었다. 소년은 한 손에 15센티미터 가 조금 넘는 장난감 사다리를 들고 있었다. 그런데 입에 대 고 불자, 그 사다리는 점점 커졌다. 붉은 머리 소년이 훅훅 불 어 바람을 넣는 대로 사다리는 점점 길어져서 마침내 한쪽 끝이 창밖의 바닥에 닿았다. 소녀가 사다리를 타고 내려가는 동안 밑에서 앨리스 아줌마가 그것을 꼭 붙잡고 있었다.

"드디어 일어난 거야, 잠꾸러기?" 조지가 물었다. 디키가 "잠꾸러기, 잠꾸러기!" 하고 따라 했다. 아직 나이 어린 사내아이 디키는 남들이 무슨 말을 하든 늘 그대로 따라 했다.

붉은 머리 소년은 사다리를 타고 내려와 허리를 굽히더니 손가락으로 사다리에 붙어 있는 반짝이는 작은 단추를 눌렀다. 그랬더니 쉬익! 하는 소리를 내며 사다리에서 바람이 빠지면서 원래대로 15센티미터 조금 넘는 장난감 사다리가 되었다. 소년은 그것을 가방에 도로 집어넣었다.

"내 이름은 모리스야." 소년이 황금빛 반점이 있는 눈으로 앨리스, 디키, 조지를 번갈아 보며 짤막하게 말했다. "자, 날 따라와!"

안개는 마치 커다란 천막처럼 그들 주위와 위쪽을 감싸고 있었다. 따뜻한 산들바람이 등나무 냄새를 풍기며 안개를 헤치고 불어왔다. 그들은 잔디밭을 가로질러 거리로 나갔고, 붉은 머리 소년은 다시 걸음을 멈췄다.

"그런데 말이야." 그가 물었다. "우리 어떻게 갈까? 걸어서 갈까, 자동차를 타고 갈까, 아니면 조랑말을 타고 갈까?"

"조랑말! 조랑말!" 덜시와 조지가 소리쳤다.

디키도 "조랑말! 조랑말! 조랑말을 타고 싶어!" 하고 외쳤다. 하지만 앨리스는 그러고 싶지 않았다.

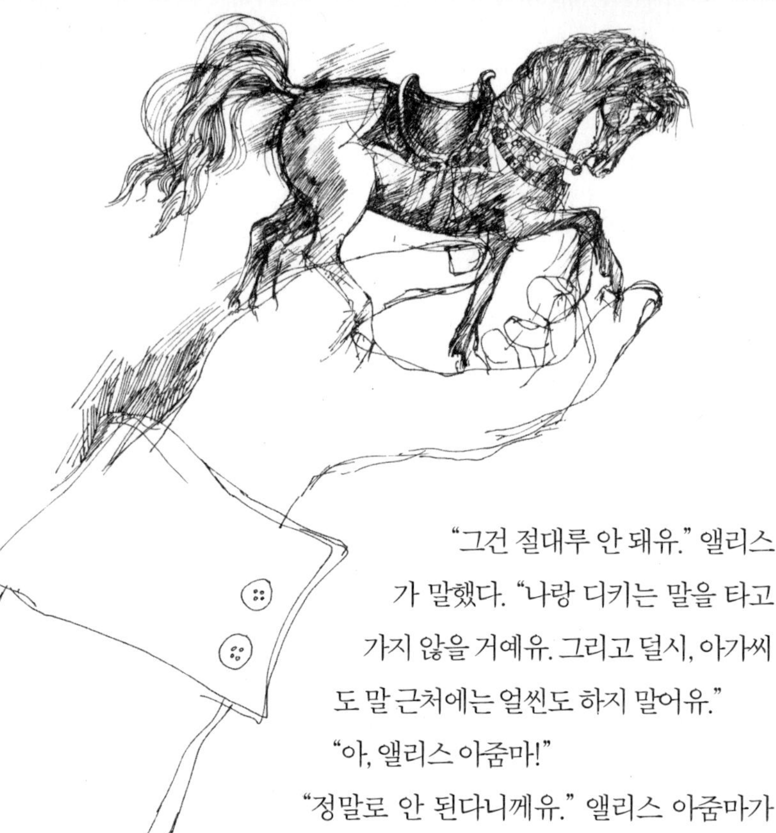

"그건 절대루 안 돼유." 앨리스가 말했다. "나랑 디키는 말을 타고 가지 않을 거예유. 그리고 덜시, 아가씨도 말 근처에는 얼씬도 하지 말어유."

"아, 앨리스 아줌마!"

"정말로 안 된다니께유." 앨리스 아줌마가 되풀이해 말했다. "아가씨도 알다시피, 마님께선 아가씨가 말 타는 걸 허락하지 않으시지유."

"아줌마가 그걸 어떻게 알아?" 덜시가 대꾸했다. "엄마는 나더러 말을 타지 말라고 하신 적이 없어."

"아가씨가 말을 탈지도 모르는데 어떻게 마님이 그걸 알 수 있겠어유? 우리가 어디로 가든 꼭 지금처럼 이대로 가면 되겠네유."

"아, 앨리스 아줌마!" 덜시가 외쳤고, 디키가 되풀이해 소리쳤다. "조랑말을 타고 가고 싶어. 조랑말을 타고 싶다고."

"그럼 앨리스 아줌마와 디키는 조랑말이 끄는 마차를 타고 가면 돼." 붉은 머리 소년이 제안했다. "설마 아주머니가 조랑말 마차를 무서워하는 건 아니겠죠?"

"무서워하지 않을 거예유." 앨리스가 의심스러운 듯 대답했다. "덜시 아가씨도 마차를 타는 게 좋을 텐데."

"싫어, 난 조랑말을 타고 싶어. 제발 부탁이야, 앨리스 아줌마."

"조랑말들은 순해요." 붉은 머리 소년이 말했다. "자, 봐요." 그러더니 그는 가방 속에 한 손을 집어넣고는 다람쥐만 한 세틀랜드 종 조랑말 한 마리를 꺼냈다. 조랑말에는 조그마한 은빛 종들이 달린 붉은색 굴레와 붉은 안장도 얹혀 있었다. 덜시는 너무도 기쁜 나머지 킬킬거리는 소리를 냈고, 디키는 붉은 머리 소년의 다리를 타고 올라가려고 했다.

"내 거야! 내 거란 말이야!" 조지가 소리를 질렀다. "제일 먼저 고른 건 나야. 내가 먼저 골랐으니 내 거야!"

"내 조랑말이야, 내 조랑말!" 디키가 소리를 질렀다. "내가 제일 먼저 고른 조랑말이야!"

"자, 너희들 잠깐 기다려봐." 붉은 머리 소년이 조랑말을 머리 위로 쳐들면서 말했다. 그러자 조랑말은 그의 손안에서 조그마한 말굽을 흔들며 발길질을 했다. "자, 뒤로 물러서 봐."

그들이 뒤로 물러서자 붉은 머리 소년은 무릎을 꿇고 조랑말을 땅에 내려놓고는 안장 머리에 입을 대고 불기 시작했다. 소년이 바람을 불어 넣자 조랑말은 점점 커지더니 네 다리로 허공을 걷어차고 쟁그랑 쟁그랑 방울 소리를 내며 굴레를 흔들어댔다. 소년은 무릎을 꿇고 여전히 훅훅 바람을 불어 넣었다. 조랑말이 더 커지자 이번에는 발을 딛고 일어서서 바람을 불었다. 마침내 소년은 고개를 쳐들었다.

"자, 이 정도면 네가 탈 만큼 충분히 크지?"

"누가 탈 건데유?" 앨리스가 재빨리 물었다.

"내가 탈래! 내가 탈 거야!" 조지와 디키가 동시에 소리를 질렀다.

"아냐, 이 조랑말은 덜시가 탈 거야." 붉은 머리 소년이 말했다.

"그렇다면 바람을 도로 조금 빼야겠는데유." 앨리스가 재빨리 말했다. "덜시가 타기에는 너무 커유."

"아냐, 아냐!" 덜시가 항의했다. "자, 봐, 앨리스 아줌마! 얼마나 순한 말인지 좀 보라고!" 조랑말이 소녀가 한 줌 뽑

아서 준 풀을 먹으며 고개를 흔들자 은빛 종들이 쟁그랑 쟁그랑 마구 소리를 냈다. 소녀는 고삐를 붙잡았고, 소년은 가방에서 조랑말을 두 마리 더 꺼냈다. 디키는 노래라도 부르듯이 큰 소리로 외쳤다. "내가 제일 먼저 고른 조랑말! 내가 제일 먼저 고른 조랑말!"

"가방이 텅 비어 있는 것처럼 보이는데 도대체 어떻게 해서 그렇게 많은 물건이 들어 있는 거니?" 덜시가 물었다.

"내가 모리스니까 그렇지." 붉은 머리 소년이 대답했다. "게다가 생일에는 무슨 일이든지 일어날 수 있거든." 그가 의젓하게 덧붙여 말했다.

"아!" 덜시가 외쳤다. 그러자 소년은 이 두 마리 조랑말에 바람을 불어 넣고 나서 조지에게 고삐를 붙잡고 있으라고 주더니 가방에서 네 번째 조랑말을 꺼냈다. 조랑말은 종들이 잔뜩 달린 조그만 고리버들 마차에 매여 있었다. 디키는 좋아서 어쩔 줄 몰랐다. 소년은 이 조랑말에도 공기를 불어 넣었다. 앨리스는 불안한 표정으로 그 모습을 지켜보았다.

"나랑 디키가 탈 거니까 너무 크게 불지 말어유." 그녀가 경고했다.

그래도 붉은 머리 소년은 훅훅 불어 바람을 넣었다.

"너무 크지 않을까유?" 앨리스가 불안한 듯이 물었다.

"앨리스 아줌마는 토끼보다 더 큰 조랑말이 싫은가 봐."
조지가 말했다. "토끼보다 크지 않으면 마차를 끌 수 없다고요."

붉은 머리 소년이 바람을 훅훅 계속 불자 곧 조랑말과 마차는 알맞은 크기가 되었다.

"넌 채찍이 필요할 거야." 소년은 이렇게 말하고 다시 가방에 손을 집어넣었다.

"그건 안 돼유, 우리한텐 채찍이 필요 없어유." 앨리스가 재빨리 말했다. "그걸 도로 집어넣어유."

하지만 디키는 이미 채찍을 보았고, 소년이 그것을 도로 가방에 집어넣자 소리를 질렀다. 소년은 할 수 없이 디키에게 채찍을 주었다. 디키는 앨리스와 함께 마차에 올라타고 나서 한 손에 고삐 끝을, 다른 손에 채찍을 쥐었다.

"달려라, 내가 제일 먼저 고른 조랑말아." 디키가 소리쳤다.

"셰틀랜드 종 조랑말이야, 이 꼬마야." 덜시가 말했다. "네가 먼저 고른 말이 아냐."

"셰틀랜드 종 조랑말아, 달려라." 디키가 말했다. 덜시와 조지와 붉은 머리 소년은 저마다 자기 조랑말에 올라타고 길을 따라 내려갔다.

그들이 길거리 끄트머리에 이르러 마지막 집을 지나치자 갑자기 안개에서 벗어났다. 그들 뒤쪽으로 큼직한 잿빛 천

막 같은 안개가 보였다. 하지만 눈을 돌리는 곳마다 나무들은 한여름처럼 초록빛을 띠고 있었고, 풀밭도 초록빛이었으며, 푸르고 노란 작은 꽃들이 여기저기 피어 있었다. 새들은 노래하면서 이 나무에서 저 나무로 날아다녔다. 해는 밝게 빛났으며 조랑말 세 마리는 길을 따라 날아가듯이 달렸다. 조랑말들이 점점 빨리 달리는 바람에 마차에 타고 있던 앨리스와 디키는 한참 뒤쪽으로 처지고 말았다. 그들이 조랑말을 멈추고 기다리자 마차가 빠른 속도로 다가왔다. 앨리스는 손으로 모자를 붙잡고 있었고 조금 겁을 집어먹은 표정이었다. 그들은 이제부터 빨리 달리지 않기로 했다.

길 아래쪽으로 한동안 가다 보니 잿빛 작은 오두막집에 이르렀다. 오두막집 문 위에 장미꽃이 피어 있었고, 잿빛 수염을 길게 기른 키 작은 노인 하나가 문가에 앉아 나무토막을 깎고 있었다.

"안녕하세요?" 붉은 머리 소년이 공손하게 인사했다.

"안녕들 하신가?" 키 작은 노인이 정중하게 답례했다.

"저희는 지금 '소원을 비는 나무'를 찾고 있습니다." 붉은 머리 소년이 말했다.

"그곳까지는 아주 먼데." 키 작은 노인은 대답하면서 근엄하게 고개를 흔들었다. "너희는 그 나무를 찾을 수 없을 거야.”

“길을 가면서 사람에게 물어보죠.” 붉은 머리 소년이 말했다.

“이 지방에서 그 나무를 본 사람은 아무도 없어.” 키 작은 노인이 말했다.

“그럼, 그 나무가 그렇게 먼 곳에 있다는 걸 어떻게 아세요?” 붉은 머리 소년이 물었다.

“아, 나야 그곳에 여러 번 가본 적이 있지. 내가 너희 나이였을 땐 거의 날마다 그곳에 가다시피 했거든. 하지만 그곳에 간 지 벌써 몇 해나 지났어.”

“그럼, 저희와 함께 가시면서 길을 안내해주지 않으시겠어요?” 붉은 머리 소년이 제안했다. 앨리스가 혼자서 뭐라고 중얼거리자 덜시가 물었다.

“지금 뭐라고 했어, 앨리스 아줌마?”

“저렇게 아무짝에도 쓸모없는 쓰레기 같은 영감탱이랑 함께 가기 싫다고 그랬지유. 보아하니 떠돌이 부랑자가 틀림없어유. 아가씨 엄마가 안다면 좋아하지 않으실 거구먼유.”

“지, 저희와 함께 가시죠.” 붉은 머리 소년이 나시 한 빈 부딕했다. 그러사 노인은 어깨 너머로 조심스럽게 집 안쪽을 돌아보았다.

“가도 될 것 같군.” 노인은 말하면서 칼을 접어서 깎고 있던 나무토막과 함께 호주머니에 집어넣었다. 그는 자리에서 일어나 문틈으로 집 안쪽을 다시 한 번 들여다보았다. “아무래도 내가 함께 가서 길을 안내하는 게 좋겠어. 왜냐하면……”

바로 그때 키 작은 노인의 아내가 문가에 나와서 그를 향해 다리미와 밀가루 반죽 밀대와 자명종 시계를 내던졌다.

“이 게으름뱅이 건달 영감아!” 할머니가 그를 향해 소리를 질렀다. “집에는 저녁 지을 장작개비 하나 없는데, 여기 나와 앉아서 낯선 사람들하고 잡담이나 하고 있으니!”

“매기!” 키 작은 노인이 아내를 불렀다. 그러나 할머니는 다시 집 안으로 들어가서 그를 향해 구두 한 짝을 내던졌다. 그러자 할아버지는 뒤돌아서더니 집 귀퉁이를 돌아 달아났다. 할머니는 문가에 서서 그들을 노려보았다.

“당신들은 한다는 짓이 고작 일하는 사람을 방해나 하는 거로군.” 할머니가 말했다. 그리고 다시 한 번 그들을 노려보고 나서 문을 쾅! 하고 닫아버렸다.

“자, 보세유. 내가 뭐라고 했어유?” 앨리스가 말했다. “쓸모없는 쓰레기 같은 백인이라고 했잖아유!”

“이런, ‘소원 비는 나무’는 우리끼리 찾아야 할 것 같군요.

자, 출발하죠." 붉은 머리 소년이 말했다.

그들은 할아버지 집을 지나 정원 울타리를 따라 계속 나아갔다. 그들이 지나갈 때 울타리 모퉁이에서 누군가가 조심스럽게 그들을 불렀다. 키 작은 노인이 줄지어 심어놓은 토마토 뒤쪽에서 가만히 내다보고 있었다.

"할망구 갔어?" 그가 속삭이듯 물었다.

"네." 붉은 머리 소년이 대답했다. 그러자 키 작은 노인이 나와서 울타리 위로 올라갔다. "잠깐만 기다려줘. 나도 같이 갈 테니."

그들은 노인을 기다렸고, 그는 울타리를 따라 살금살금 집 쪽으로 기어가더니 자명종 시계와 밀대와 다리미를 주워 들고 길 아래쪽으로 뛰어갔다. 그러고는 정원 울타리를 다시 넘어 울타리 모퉁이에 그것들을 감췄다.

"이젠 우리가 돌아올 때 할망구가 나한테 아무것도 던지지 못할 거야." 노인이 능청맞게 해명했다.

"할아버지는 앨리스 아줌마와 디키와 같이 마차에 타세요." 붉은 머리 소년이 말했다. 앨리스가 또다시 뭐라고 중얼거리자 덜시가 물었다.

"지금 뭐라고 했어, 앨리스 아줌마?"

"나하고 디키는 저 쓰레기 같은 영감이랑 같이 마차를 타기 싫다고 그랬어유. 아가씨 엄마가 아시면 좋아하지 않으실 텐데유."

"왜 내가 타면 안 된다는 거야?" 키 작은 노인이 기분이 상한 듯한 목소리로 물었다.

"할아버지를 마차에 태워줘요, 앨리스 아줌마." 붉은 머리 소년이 말했다. "귀찮게 하시지 않을 거예요."

"물론 그렇고말고요, 아주머니." 키 작은 노인이 말했다. "그럴 생각은 추호도 없어요."

"할아버지를 마차에 태워줘요, 앨리스 아줌마." 모두 한 목소리로 말했다.

"어 참, 정 그러시다면 타시구려." 앨리스가 말했다. "하지만 아가씨 엄마는 좋아하지 않으실 거라구유."

키 작은 노인이 민첩하게 펄쩍 뛰어 마차에 올라타자 그들은 가던 길로 계속 나아갔다.

"난 칼로 나무를 깎아서 뭐든지 만들 수 있어." 키 작은 노인이 말했다.

그러자 앨리스가 콧방귀를 뀌었다.

"조랑말도 마차도 멋지군." 키 작은 노인이 말했다.

"내가 첫 번째로 고른 조랑말이에요." 디키가 말했다.

"셰틀랜드 조랑말이야, 꼬마야." 덜시가 다시 바로잡아주었다. "첫 번째로 고른 조랑말이 아니야."

"나도 한때는 조랑말을 아주 많이 키웠지." 키 작은 노인이 말했다.

앨리스가 또다시 콧방귀를 뀌었다. "영감님이 평생 갖고 있던 물건이라곤 얻어맞은 다리미밖에는 없을 거구먼유."

그들이 갈림길에 이르자 붉은 머리 소년이 말을 멈춰 세웠다. "자, 어느 쪽 길로 가야 하나요?" 그가 물었다.

"저쪽 길이야." 키 작은 노인이 즉시 길을 가리키며 대답했다. 그들은 모두 그쪽 길로 계속 나아갔다.

"저희가 댁에 갔을 때 할아버지는 뭘 깎고 계셨나요?" 덜시가 물었다. 키 작은 노인은 호주머니를 뒤지더니 나무토막 하나를 꺼냈다. 그들은 그것을 보려고 마차 주위로 모두 모여들었다.

"조그마한 강아지네요." 디키가 말했다.

"도마뱀이야." 조지가 말했다.

"아냐, 용이야." 덜시가 말했다. "그렇죠?"

"아무것도 아니구먼유." 앨리스가 말했다. "저 양반도, 누구도 저런 물건을 본 적이 없을 거구먼유."

"그게 뭐예요?" 덜시가 물었다.

"나도 몰라." 키 작은 노인이 대답했다. "나도 뭔지는 모르지만, 질리퍼스 같아.”

“질리퍼스가 뭐예요?” 조지가 물었다.

“잘 모르지만 아마 이렇게 생겼을걸?”

“그럼 질리퍼스가 어떻게 생겼는지도 모르면서 왜 질리
퍼스라고 불러요?”

“글쎄, 그건 말이다, 내가 이제껏 보아온 것 중에서 질리

퍼스와 제일 닮았거든." 키 작은 노인이 대답했다.

"내가 보기엔 아무것도 닮은 것 같지 않구먼유." 앨리스가 말했다. "심지어 서커스에서 본 어떤 짐승하고도 닮지 않았어유."

"할아버지는 서커스에 가보신 적이 있어요?" 덜시가 물었다. "앨리스 아줌마는 가본 적이 있거든요."

"잘 모르겠는걸." 키 작은 노인이 대답했다. "가본 것 같은 기억이 나기도 해. 하지만 너무 오래전 일이라서 지금은 기억나지 않는지도 모르겠어."

"서커스는 커다란 천막 안에서 해요. 우리 집이 다 들어갈 만큼 큰 천막이죠. 서커스 천막을 하나 갖고 싶어요." 덜시가 덧붙여 말했다. "천막 꼭대기에는 깃발들이 꽂혀 있어요. 온갖 색깔의 깃발들이 그 꼭대기에서 나부끼지요."

"나도 서커스에 가고 싶어." 디키가 말했다.

"다음번에 갈 수 있어. 엄마가 가도 된다고 하셨으니까. 앨리스 아줌마가 우릴 데리고 갈 거야. 안 그래요, 앨리스 아줌마?"

"그리고 밴드도 있어유." 앨리스가 말했다. "또 여기 있는 조랑말을 열 마리 합쳐놓은 것만큼 커다란 코끼리도 있구유. 그 코끼리는 내가 머리털 나고 본 것 중에 제일 큰 놈이었어유. 아이고, 맙소사, 얼마나 크던지!"

"서커스 구경하러 가고 싶어, 앨리스 아줌마." 디키가 말했다.

"그건 나도 마찬가지유, 꼬마 도련님. 점박이 말들이랑, 공중에서 번쩍번쩍 날아다니는 사람들이랑…… 잠깐, 가만히 있어봐유. 지금 밴드 소리가 들리지 않어유?"

그러나 그들에게 들려오는 소리는 나팔 소리였다. 그들이 계속 앞으로 나아가자 거대한 잿빛 성이 나타났다. 붉은 머리 소년은 또다시 멈춰 섰다. "이제 어느 쪽 길로 가야 하나요?" 그가 물었다.

"저쪽 길이야." 키 작은 노인이 손가락으로 가리키며 대답했다. 성벽 위에서는 병사 한 사람이 나팔을 불고 있었다. 그들이 계속 앞으로 나아가 성을 지나 조금 더 가자 길가에 서 있는 이상한 나무 한 그루에 이르렀다. 그 나무는 하얀 나무여서 처음에 그들은 층층나무 꽃이 활짝 피어 있는 줄 알았다. 하지만 가까이 다가가 보니 그것은 흰색 나뭇잎들이었다.

"참 이상한 나무도 다 있네." 덜시가 말했다. "도대체 무슨 나무인가요?"

"그건 말이지…… 메, 멜로맥스 나무야." 키 작은 노인이 대답했다. "이 숲에는 아주 많아."

"하얀 나뭇잎이 달린 나무를 한 번도 본 적이 없어요." 델시가 말하고는 잎사귀 하나를 땄다. 소녀가 잎사귀에 손을 대자마자 그 잎사귀는 아름다운 푸른색으로 바뀌었다. 그들은 모두 나무에서 잎사귀를 하나씩 땄다. 조지가 딴 잎은 자줏빛으로 변했고, 붉은 머리 소년이 딴 잎은 황금빛으로 변했다. 그리고 앨리스가 잎사귀 하나를 따자 그 잎은 밝은 붉은색이 되었다. 그녀가 들어 올려주어 디키가 잎사귀 하나를 따자 아이의 잎은 딱히 뭐라고 말할 수 없는 색깔 — 옅은

분홍색과 초록색 비슷한 색깔로 전체적으로 보면 덜시의 잎처럼 푸른색 빛을 띠고 있지만, 그보다는 좀 더 옅은 색깔로 바뀌었다.

"할아버지 잎은 무슨 색이에요?" 덜시가 키 작은 노인에게 묻자 그는 그들에게 잎사귀를 보여주었다. 노인의 잎은 푸른색을 제외하고는 디키의 잎과 거의 같았다.

"그건 각자 소망의 색이야." 붉은 머리 소년이 그들에게 말했다. "덜시의 소원은 푸른색이지. 디키의 소원은 아직 어려서 별것이 아니지만, 크고 나면 푸른색이 될 거야. 그 애는 덜시의 동생이니까. 앨리스 아줌마 것은 붉은 소원을 비는 색이고, 조지 것은 자줏빛 소원을 비는 색, 그리고 내 것은 황금빛 소망을 비는 색이야. 그런데 할아버지 것은 말이죠……" 소년이 키 작은 노인에게 말했다. "……역시 소원을 빌 게 그다지 많지 않아서 디키의 색과 똑같은 거예요."

"아, 그럼 어쩌면 이 나무가 '소원을 비는 나무'일지 모르겠네." 덜시가 말했다.

"아니, 아냐." 키 작은 노인이 대답했다. "이 나무는 '소원을 비는 나무'가 아냐. 난 '소원을 비는 나무'에 여러 번 가봤거든. 이건 '멜로맥스'라는 나무야."

"참, 그럼 '소원을 비는 나무'는 어느 쪽 길에 있나요?" 붉은 머리 소년이 물었다.

"저쪽 길이지." 소년이 묻자마자 키 작은 노인이 곧바로 대답했다. 그들은 계속 그 길 쪽으로 나아갔다.

"무척 먼 길이네." 조지가 내뱉었다. "배고파. 샌드위치가 있으면 얼마나 좋을까." 바로 그 순간, 조지는 놀라서 하마터면 조랑말에서 떨어질 뻔했다. 그의 손에 샌드위치가 들려 있었던 것이다. 조지는 샌드위치를 뚫어지게 들여다보고 나서 냄새를 맡아보더니 한입 먹어보고는 환성을 질렀다.

"나도 뭔가 먹을 게 있었으면 좋겠는데." 디키가 말했다. 이 말을 입 밖에 내자마자 아이의 손에 무엇인가가 쥐여 있었다.

"손에 들고 있는 게 뭐야, 꼬마 도련님?" 앨리스가 물었다. 다른 사람들도 그것을 보려고 마차 주위에 모여들었다.

"도대체 이게 뭐람?" 덜시가 물었다. 붉은 머리 소년은 그것을 조금 떼어서 입에 넣었다. "무슨 맛이야?"

"아무 맛도 없어." 소년이 말했다. "이건 아무것도 아니니까. 그저 '뭔가'야. 알다시피 디키가 '뭔가'를 먹고 싶다고 말했잖아. ― 빵이나 캔디를 달라고 하지 않고, 그저 '뭔가'를 달라고 했거든."

"캔디가 먹고 싶어." 디키가 말했다. 그러자 즉시 초콜릿

하나가 그의 손에 들려 있었다.

"앨리스 아줌마, 쟤는 캔디를 먹어선 안 되잖아." 덜시가 말했다.

"맞아유, 아가씨." 앨리스가 말했다. "도련님은 캔디가 먹고 싶은 게 아니지?"

"캔디가 먹고 싶어." 디키가 대답했다.

"다른 걸 먹는 게 낫겠어유. 자, 캔디 이리 줘유." 앨리스는 그의 손에서 캔디를 빼앗았다. 그러자 곧바로 캔디는 사라져버렸다. 앨리스는 놀란 표정으로 잠깐 앉아 있었다. 그러고 나서 키 작은 노인을 향해 휙 몸을 돌렸다.

"이런 못된 영감탱이! 냉큼 캔디를 돌려줘유. 내 말 들려유? 그런 식으로 어린아이 걸 빼앗다니. 어서 캔디를 내놓으란 말예유. 내 말 안 들려유?" 앨리스가 소리쳤다.

"원 참, 내가 빼앗지 않았어. 아주머니가 빼앗았잖소." 키 작은 노인이 놀란 표정으로 대꾸했다.

"나한테 장난질하지 말어유!" 앨리스가 소리를 질렀다. "내 손에 있는 걸 누가 빼앗아 가지 않았나유?"

"아, 앨리스 아줌마! 할아버지가 빼앗은 게 아니야." 덜시가 말했다.

"그럼, 누군가가 한 짓이겠지유. 그런데 이 영감이 가장 가까이 있었거든유." 앨리스는 작은 눈을 부릅뜨고 키 작은 노인을 노려보았다.

"캔디는 그냥 없어진 거예요." 붉은 머리 소년이 설명했다. "그걸 원한 사람은 디키였는데, 앨리스 아줌마가 가져가니까, 저절로 사라진 거라고요. 아줌마는 캔디를 원하지 않았으니까요."

"어쨌든 내 주위에서 이런 이상야릇한 짓거리가 일어나는 게 싫구먼유. 인제 그만 뒤돌아서 집에 가는 게 좋겠는데유."

"배고파." 디키가 말했다. "내가 갖고 싶은 건……."

"버터와 설탕 바른 빵은 싫어?" 덜시가 재빨리 물었다. "아니면 쿠키는 어때?"

"쿠키가 먹고 싶어." 디키가 말했다. 그러자 말을 입 밖에 내기가 무섭게 아이의 양쪽 손에 쿠키가 하나씩 들려 있었다.

"아, 참으로 신기하기도 하지!" 덜시가 외쳤다. "아까 본 것이 '소원을 비는 나무'가 틀림없어."

"아냐, 아냐." 키 작은 노인이 말했다. "'소원을 비는 나무'는 내가 아주 잘 알고 있거든. 그건 멜로맥스 나무였어."

"한데, 그게 무슨 나무든 나도 배가 고파요. 우리 모두 멈추고 각자 먹을 걸 빌기로 하죠." 붉은 머리 소년이 세안했다. 그들은 조랑말들을 멈춰 세우고 매어놓았다 "자, 덜시,

네가 먼저 빌어봐."

"난 말이지…… 난 말이지…… 뭘 원하는지 생각 좀 하게 해줘. 아, 그래. 완두콩이랑 손가락처럼 길쭉한 과자랑 아보카도랑 초콜릿 맥아우유 한 잔 먹고 싶어." 소녀가 이렇게 말하자마자 앞에 있는 풀밭에 그것들이 놓여 있었다.

"자, 디키, 이제 네 차례야." 붉은 머리 소년이 말했다.

"앨리스 아줌마, 아줌마가 디키 대신 소원을 말해줘." 덜시가 말했다. "뭐가 먹고 싶으니, 꼬마야?"

"고기 국물 끼얹은 쌀밥이 먹고 싶은 거지, 꼬마 도련님?" 앨리스가 물었다.

"고기 국물 끼얹은 쌀밥이 먹고 싶어." 디키가 말하자 그 음식이 소년 앞에 놓여 있었다.

"자, 조지, 네 차례야." 붉은 머리 소년이 말했다.

"일주일 내내 배가 아플 만큼 딸기랑 초콜릿 케이크를 실컷 먹고 싶어." 그러자 즉시 그의 앞에 딸기가 가득 담긴 큼직한 그릇과 갓 구운 초콜릿 케이크가 놓여 있었다.

"자, 이제 앨리스 아줌마 차례예요." 붉은 머리 소년이 말했다.

"고기 국물을 끼얹은 햄이랑 옥수수빵이랑 커피 한 잔이 먹고 싶구먼유." 앨리스가 말하자 그 음식이 나타났다.

"자, 이제는 할아버지가 고르세요." 붉은 머리 소년이 키 작은 노인에게 말했다.

"난 사과 파이하고 아이스크림을 먹겠어." 키 작은 노인
이 말했다. "집에선 통 아이스크림을 먹을 수 없거든." 그가
설명했다.

"자, 이제 내 차례군." 붉은 머리 소년이 말했다. "난 따듯한 생강빵이랑 사과가 먹고 싶어."

그들은 땅바닥에 앉아서 음식을 먹었다.

"조지, 그 케이크랑 딸기를 모두 먹으면 배가 몹시 아프게 될걸." 덜시가 말했다.

"상관없어." 조지가 중얼거렸다. "내가 그러고 싶으니까."

음식을 모두 먹자 그들은 다시 조랑말에 올라탔다. 붉은 머리 소년은 노인에게 몸을 돌리고 물었다. "이제 어느 쪽으로 가야 하나요?"

"저쪽 길이야." 키 작은 노인이 대답했다. 그들은 숲을 지나 계속 앞으로 나아갔다.

"그렇게 많이 먹지 말 걸 그랬나 봐." 조지가 말했다.

"'소원을 비는 나무'를 어서 찾았으면 좋겠어. 그게 내가 바라는 거야." 덜시가 말했다. 그들이 조금 더 나아가자 다시 갈림길이 나타났다.

"저쪽 길이야." 키 작은 노인이 말했다. 그들은 그 길로 계속 나아갔다.

"배가 아파." 조지가 말했다.

"어, 저기 흰 나무가 또 있네." 덜시가 놀라서 말했다. "아까 그 나무가 있던 곳으로 돌아왔나 봐."

“아냐, 아냐.” 키 작은 노인이 말했다. “똑같은 나무가 아니야. 저건 또 다른 멜로맥스 나무야. 이 숲에는 저런 나무가 아주 많거든.”

“내가 보기에도 아까 그 나무 같은데요.” 붉은 머리 소년이 말했다.

“내 생각도 그래유.” 앨리스도 맞장구쳤다. “저 영감은 우리나 마찬가지로 ‘소원을 비는 나무’가 어디 있는지 잘 모르는 것 같구먼유. 정말 ‘소원을 비는 나무’를 본 적은 있어유?”

“난 그 나무 있는 곳에 백 번도 넘게 갔어.” 키 작은 노인이 대답했다. “그 나무가 어디 있는지 정확히 알고 있다고.”

“정말 그곳에 가보신 거예요?” 덜시가 물었다.

“맹세컨대, 정말 갔었어.” 키 작은 노인이 대답했다. “젊었을 때 날마다 그곳에 가곤 했지. 내 말이 사실이 아니라면 성을 갈겠어.”

“어, 나한테는 정말 똑같은 나무처럼 보이는데.” 붉은 머리 소년이 말했다. “이제 어느 쪽 길로 가나요?”

“너희들, 이제 저 영감한테 신경 쓸 필요 없어.” 앨리스가 말했다. “그 나무가 어디 있는지 나만큼이나 모르고 있으니까.” 앨리스가 투덜거리는 투로 계속 뭐라고 중얼거리자 덜시가 물었다.

"지금 뭐라고 했어, 앨리스 아줌마?"

"내 말은 말이지유, 저 늙은이는 떠돌이 영감일 뿐이라구유. 그 말을 했어유." 앨리스는 몸을 돌려 키 작은 노인을 노려보았다. 그러자 노인은 마차의 귀퉁이 쪽으로 몸을 웅크렸다.

"우리한테 엽총이 있다면 이 다람쥐들이랑 새들을 쏴서 잡을 수 있을 텐데. 안 그러냐?" 노인이 디키에게 말했다. "이 숲엔 사냥감이 아주 많아."

"총이 갖고 싶어." 디키가 말했다. 그 순간 앨리스는 두 손을 번쩍 들어 올리며 소리를 질렀다. 디키의 두 손에 엽총이 들려 있었기 때문이었다. 디키는 총이 너무 커서 제대로 잡을 수조차 없었기에 키 작은 노인의 발치에 곧바로 떨어뜨리고 말았다.

"도련님……." 앨리스는 소년을 부르고 나서 목소리를 높였다. "붉은 머리 도련님, 이 바보 영감이 우리를 모두 죽이기 전에 당장 우리를 집으로 데리고 가유. 이리 와서 이 총을 집어유. 저 영감 좀 보라구유. 지금 나랑 이 아이한테 총을 겨누고 있잖아유!"

"아, 앨리스 아줌마! 할아버진 그러지 않으셨어!" 덜시가 말했다. "그 총을 달라고 한 사람은 디키였다고!"

"누가 총을 달라고 했건, 그건 내가 알 바 아니지유. 우리한테 총을 겨누고 있는 저 영감을 보라니께유. 우리한테서 물건을 빼앗고 우릴 죽이려고 기회를 넘보고 있잖아유." 앨리스는 몸을 돌려 키 작은 노인을 노려보았다.

"정말이지, 아주머니. 난 그런 적이 없소이다. 그런 생각조차……." 키 작은 노인이 말했다.

"입 다물고 이 마차에서 총을 치우라니께유."

키 작은 노인이 허리를 굽혀 손을 댄 순간, 총은 사라져버렸다. 총을 갖고 싶다고 했던 사람은 노인이 아니었기 때문이다. "어, 총이 어디로 갔어유?" 앨리스가 물었다. "경찰을 부르기 전에 어서 웃옷 속에 숨긴 총을 꺼내세유."

"앨리스 아줌마, 총이 사라진 게 안 보여?" 덜시가 말했다. "없어졌다고, 앨리스 아줌마. 할아버지가 총을 원하신 게 아니잖아. 그 총을 원한 사람은 디키였다고."

그러자 앨리스는 자리에 풀썩 주저앉았다. "지금 당장 집으로 돌아가유. 붉은 머리 도련님에게 첫 번째 만나는 길로 접어들어서 가라고 해유. 난 지금껏 참을 만큼 참았어유." 앨리스는 계속해서 또다시 뭐라고 중얼거리기 시작했다. 그들은 계속 길을 나아갔고, 곧 잿빛 성에 다시 도착했다. 병사 몇 명이 행진하면서 문을 통과하고 있었다.

"저 병사 좀 봐." 덜시가 말했다.

"난 배가 아파." 조지가 말했다. 병사들은 깃발을 들고 성문에서 나와 행진하고 있었다. 한때 앨리스에게는 남편이 있었는데, 계급이 하사관이었다. 내 말은, 한때 앨리스의 남편이었던 사람도 군인이었다는 것이다.

"군인 생활이란 참으로 고달퍼유." 앨리스가 말했다.

"저 군인 갖고 싶어." 디키가 말했다.

"당신……." 그때 앨리스가 소리를 질렀다. "그동안 어디에 가 있었던 거유?"

디키가 갖고 싶다던 군인은 군모에 손을 갖다 댔다.

"어이, 이거 앨리스 아닌가?"

"그래 내가 앨리스 노릇을 단단히 해줄게유." 앨리스가 소리를 버럭 질렀다. "난롯불 피울 장작개비 하나만 있었으면……." 그러자 앨리스는 어디선가 갑자기 나타난 나무토막을 두 눈을 깜박거리며 바라보다가 군인에게 냅다 던졌다. 하지만 나무토막은 그의 몸에 닿자마자 사라져버렸다.

"나무토막이 하나만 더 있었으면 좋겠구면." 그러자 앨리스의 손에 나무토막이 또 하나 들려 있었다. 그녀는 그것을 던졌지만, 역시 사라지고 말았다. 군인은 나무 뒤로 몸을 숨겼다.

"이게 무슨 날벼락이야, 이 여편네야." 그가 말했다. "내게 지금 뭘 던지는 거여? 새라도 던지는겨?"

"아무 쓸데 없는 악당 같으니라구." 앨리스는 이 말을 내뱉고는 마차에서 기어 내려갔다.

"앨리스아줌마! 도대체 왜 그래!" 덜시가 소리쳤다.

"저 양반은 한때 내가 남편으로 생각하던 사람이에유. 그런데 한 달 치 집세만 남겨두고 나한테서 도망쳤지 뭐예유. 집에는 돼지 허리살 한 덩이 없는데 말예유. 정부가 저 양반을 어떻게 했는지 알아내려고 변호사 비용만 들였어유. 저이하고 저이의 군대! 이제 난 저이하고 한바탕 전쟁을 치를 판이구먼유. 정말 그럴 거예유. 저이는 이제부터 내가 하려는 전쟁 같은 건 여태껏 한 번도 본 적이 없을 거구먼유. 어서 나무 뒤에서 썩 나오지 못하겠어유?"

"내 군인을 망가뜨리지 마!" 디키가 소리를 질렀다.

"어서 도망가, 도망가라고." 키 작은 노인이 말했다. "저 여자한테는 다리미도 없고 밀대도 없으니까."

"잠깐만! 내가 왜 돌아올 수 없었는지 설명할게." 군인이 말했다.

"아무렴유." 앨리스가 대꾸했다. "냉큼 이리 와서 마차에 올라타란 말예유. 그리고 당신 변명은 집에 가서 하랑께유."

그러자 군인은 다가와서 마차에 올라탔다.

"내 군인 망가뜨리지 마." 디키가 다시 말했다.

"저분은 앨리스 아줌마의 군인이야, 꼬마야." 덜시가 말했다. "저분이 전쟁터에서 행방불명되었다던 그 군인이야, 앨리스 아줌마?"

"바로 그 양반이에유." 앨리스가 대답했다. "행방불명되기를 잘했지 뭐예유. 저 양반 좀 봐유! 전쟁조차도 저 양반이 쓸모없어진 거예유!"

그들은 계속 앞으로 나아갔다. 군인과 키 작은 노인은 마차 뒤쪽에 나란히 앉아 있었다.

"아저씨 이름이 뭐야, 앨리스 아줌마?" 덜시가 물었다.

"엑소더스(출애굽기)예유." 앨리스가 대답했다. "우리 집엔 남자가 둘이 있었구먼유. 사내아이 이름은 제니시스(창세기)였어유. 그런데 고약하게도 열 살도 채 되기 전에 죽어버렸지유."

"나도 전쟁에 참가한 적이 있소." 키 작은 노인이 앨리스의 남편에게 말했다.

"어떤 전쟁 말인가유?" 앨리스의 남편이 물었다.

"정확히는 모르겠소." 키 작은 노인이 대답했다. "지금 기억으론, 아주 많은 사람이 참가한 전쟁 같은데."

"내가 참가했던 전쟁처럼 들리는데유." 앨리스의 남편이 말했다.

"전쟁이란 게 다 비슷비슷하지요." 키 작은 노인이 말했다.

"노인장 말씀이 맞는 것 같구먼유." 앨리스의 남편이 맞장구쳤다. "물 건너 쪽에서 일어난 전쟁이었나유?"

"물 건너서 일어났다니?" 키 작은 노인이 되물었다.

"배가 올라갔다 내려갔다 하는 엄청나게 큰 물 건너 쪽 말이에유." 앨리스의 남편이 설명했다. "어 참, 맙소사, 진짜 대단한 전쟁이었어유. 백 일 동안이나 물 위에서 배가 올라갔다 내려갔다, 올라갔다 내려갔다 하는데 눈을 들어 바라보면 아무것도 보이지 않더라구유. 샐비어 풀 한 포기 볼 수 없었어유. 전쟁에서는 사람이 많이 죽는다고 알고 있었는데, 하루가 지나고 또 하루가 지나도 난 죽지 않을 것만 같았어유. 도대체 어떻게 둑을 쌓아 그렇게 큰 연못을 만들었는지 알다가도 모를 일이에유. 또 그런 연못 가지고 뭘 할지도 모르구유. 그만한 물이라면 전 세계에 있는 유람선을 다 띄우고도 남을 거예유.”

“아니, 내가 말하는 전쟁은 그 전쟁이 아니오. 내가 참가한 전쟁에선 군인들이 우리 아버지의 들판으로 곧바로 내려와서 그곳에서 싸웠다오.”

“어 참. 그렇다면 전쟁하기에 얼마나 편리했을까유!” 앨리스의 남편이 말했다.

“내가 참가한 전쟁이 또 하나 있소이다. ‘세븐 파인스(Seven Pines)’라는 곳에서 벌어진 전쟁 말이오.”

“그럼, 할아버지는 일곱 소나무(pine) 중 하나 뒤에 숨어 있었나요?” 덜시가 물었다.

“아냐, 아가씨.” 키 작은 노인이 대답했다. “그 전쟁에서는 장군이 일곱 명도 넘게 있었거든.”

“어 참. 전쟁은 예나 지금이나 다르지가 않네유. 안 그런 가유?” 앨리스의 남편이 말했다.

“난 배가 아파.” 조지가 말했다. “아무래도…….” 조지는 멍한 눈으로 앞을 보고 있었다. “아플 것 같아.”

“할아버지가 참가한 전쟁에서는 어느 쪽이 이겼나요?” 덜시가 물었다.

“잘 모르겠어, 아가씨.” 키 작은 노인이 대답했다. “어쨌든 난 아니야.”

“그것도 맞는 말이지유.” 앨리스의 남편이 맞장구쳤다. “지금껏 전쟁에서 조금이라도 이겼다는 군인을 한 사람도 본 적이 없어유. 하지만 흰둥이들은 늘 우습게 전쟁을 해유. 이다음에 흰둥이들이 전쟁을 벌이면 난 참가하지 않을 생각이구먼유. 그냥 부대에 남아 있을 거예유.”

“그게 좋을 것 같소.” 키 작은 노인이 맞장구쳤다.

“아플 것 같아.” 조지는 그렇게 말하고 나서 조랑말 위에 몸을 곧추세우고 앉은 채 몹시 고통스러워했다.

“정말 괴로운 것 같아유.” 앨리스의 남편이 말했다. “이 세상에서 가장 먼 데서 벌어지는 전쟁에 나가는 것보다 더 괴로워 보이네유.”

그들은 모두 그 자리에 멈춰 섰다. 조지는 이내 조금 나아졌고, 그들은 아이를 부축하여 마차에 태웠다.

“내가 그 아이의 조랑말을 타면 안 될까?” 키 작은 노인이 붉은 머리 소년에게 물었다. 소년은 그렇게 하라고 했고, 키 작은 노인은 마차에서 펄쩍 뛰어내려 조랑말에 올라탔다.

“조랑말이 타고 싶었으면 왜 조랑말을 달라고 하지 않으셨죠?” 덜시가 키 작은 노인에게 물었다. “할아버진 사과 파이랑 아이스크림밖에는 아무것도 갖고 싶지 않다고 하셨어요. 갖고 싶은 걸 생각해내실 수 없나요?”

"모르겠는걸." 키 작은 노인이 대답했다. "그런 생각은 안 해봤어. 하지만 이젠 뭔가 생각해볼 거야. 가만있자…… 우리 모두한테 분홍색과 흰색 줄무늬가 있는 캔디가 한 봉지씩 있었으면 좋겠어." 그가 이렇게 말하자마자 모든 사람의 손에 캔디가 한 봉지씩 들려 있었다.

"내 것은 말랑말랑한 캔디야." 키 작은 노인이 말했다. "전에는 딱딱한 캔디를 제일 좋아했지만, 지금은 부드러운 캔디를 먹을 수밖에 없어. 치아가 젊은 시절 같지 않으니까."

"할아버지 치아 좀 보여주세요." 덜시가 말했다. 키 작은 노인은 입을 벌렸다. 치아가 하나도 없었다.

"왜 틀니를 달라고 하지 않으세요?" 덜시가 말했다.

"틀니가 뭔데?" 키 작은 노인이 물었다.

"소원을 말해서 직접 보세요." 덜시가 제안했다.

"좋아. 틀니를 갖고 싶군." 키 작은 노인이 말했다. 그러고는 손으로 입을 찰싹 때리고 놀란 표정으로 덜시를 바라보았다.

"마음에 안 드세요?" 덜시가 물었다.

"정말로 마음에 들지 않는군." 키 작은 노인이 말했다. "알다시피 이가 없는 데 익숙해져서." 그는 입에서 틀니를 꺼내 들여다보았다. "아주 그럴듯하게 생겼군, 안 그래? 벽난로

선반 위에 올려놓으면 보기 좋겠지? 잘 간직했다가 거기에
올려놓을 거야.”

그들은 큼직한 떡갈나무 숲을 지나 앞으로 나아갔다. 나
무에는 여러 마리 새가 서로 즐겁게 노래 부르고, 다람쥐들
이 나무 사이를 재빠르게 뛰어다니고 있었다. 그리고 풀밭
에는 온갖 종류와 색깔의 꽃들이 피어 있었다.

키 작은 노인이 발꿈치로 조랑말을 걸어차자 말은 껑충
뛰어 앞으로 달려갔고 작은 종들이 쟁그랑 쟁그랑 요란하게
울렸다.

“내가 참가했던 전쟁에서도 말을 탔지.” 키 작은 노인이
말했다. “이런 식으로 말이야.” 노인이 길 아래쪽을 향해 쏜
살같이 말을 몰아 달려가자 수염이 바람에 길게 휘날렸다.
그러고 나서 그는 말머리를 돌려 다시 쏜살같이 달려 돌아
왔다.

“모르긴 해도 영감님은 전쟁에 한 번도 나가본 적이 없을
거구만유.” 앨리스가 말했다.

“나도 그렇게 생각해요.” 조지가 맞장구쳤다. 아이는 이
제 몸 상태가 조금 나아졌다. “할아버진 아마 적군을 보면
줄행랑을 칠걸요.”

“그럴 리 없어.” 키 작은 노인이 대꾸했다. “그놈을 내 칼

로 두 동강 낼 거야. 만약 지금 내 손에 칼이 있다면 어떻게 할지 너한테 보여줄 수 있을 텐데." 그러자 그의 손에 칼이 들려 있었다. ― 그것도 황금 손잡이가 달린 번쩍번쩍 빛나는 새 군도(軍刀)였다. 키 작은 노인이 그 칼을 살펴보고 웃옷 자락으로 문지르자 칼은 마치 거울처럼 빛났다. 노인은 칼을 앨리스의 남편에게 보여주었다. 그러자 그는 멋진 칼이라고 말했다. 하지만 자기한테는 조금 긴 것 같다고 했다. 그러면서 자기는 줄을 달아 셔츠 안에 매다는 단도가 좋다고 했다.

"난 전쟁터에서 이런 식으로 했거든." 키 작은 노인이 말했다. "날 잘 봐." 그러고는 칼을 휘두르며 다시 한 번 조랑말을 몰아 전속력으로 길 아래쪽으로 달리고는 날아오듯 다시 돌아왔다.

"할아버진 겁깨나 집어먹으셨겠는걸요." 조지가 말했다.

"난 적군 백 명을 만나도 겁내지 않을 거야." 키 작은 노인이 말했다. "말을 타고 그놈들 속으로 뛰어들어가 이렇게 칼로 두 동강이 내버릴 거야."

"할아버진 개 한 마리도 두 동강 내지 못하실 것 같은데요." 조지가 말했다. "할아버지는 산뜩 겁을 먹을 거예요."

"절대로 안 그럴 거야." 키 작은 노인이 대답했다. "정말이지 난……."

"할아버진 호랑이나 사자를 봐도 무서워하실 거예요." 조지가 말했다.

"난 바로 이 숲에서 이렇게 칼 하나로 호랑이와 사자를 백 마리나 죽였어…… 아니지, 칼은 전쟁터에서 사용했지. 뭘로 호랑이와 사자를 잡았는지 통 기억나지 않는걸. 칼이 아니라 다른 뭐였는데."

"아마 밀대와 다리미를 피하면서 놈들을 죽였을 거구먼유." 앨리스가 말했다.

"만약 내가 전쟁을 지휘한다면 결혼한 여편네들을 한데 모아놓고 눈가리개를 쓰게 한 다음, 길을 가르쳐주면서 이렇게 말할 거구먼유." 앨리스의 남편이 말했다. "'이 방향으로 곧장 직진! 가다가 뭔가에 부딪히면 그게 바로 너희 남편이다.' 나 같으면 이렇게 전쟁을 지휘할 거구먼유."

"그러면 돈이 절약되겠네. 안 그런가?" 키 작은 노인이 말했다. "다리미랑 밀대를 다시 집어서 던질 수 있을 테니까."

"난 다리미나 밀대가 필요 없는 사내들도 잘 알고 있어유." 앨리스의 남편이 말했다. "나처럼 여러 번 결혼할 때까지 기다려보세유."

"아, 만약 사자 한 마리가 나무 뒤에서 아저씨 앞으로 뛰

어나온다면 아마 죽어 나자빠질걸요." 조지가 말했다.

"절대로 안 그럴 거야." 키 작은 노인이 또다시 칼을 휘두르며 말했다. "나 같으면 틀림없이……."

"사자 한 마리가 뛰어나왔으면……."

그 순간, 덜시가 비명을 질렀다. 조지는 하던 말을 미처 끝맺지도 못했고, 앨리스의 남편은 안개 경고 사이렌처럼 소리를 질러댔다. 하지만 앨리스의 목소리 때문에 다른 소리는 하나도 들리지 않았다. 그들은 길 아래쪽으로 날아가듯 달려갔다. 앨리스의 남편은 나무 위로 기어 올라갔고, 앨리스는 한 손으로 디키를 잡고, 다른 손으로 덜시를 잡아끌며 뛰었다. 그들 뒤쪽에서는 조지가 목청을 다해 울부짖고 있었다. 하지만 키 작은 노인은 여전히 칼을 든 채 그들 일행과 멀리 떨어져 있었다.

"멈춰요! 멈추라고요!" 붉은 머리 소년이 소리쳤다. 그러자 앨리스는 걸음을 멈추고 나무에 기대어 숨을 가다듬었다. 길 한가운데 사자가 버티고 앉아 있었다. 그리고 그 근처에는 붉은 머리 소년이 코를 흥흥거리는 조랑말에 올라타고 있었다.

"이리 돌아와요." 붉은 머리 소년이 그들에게 외쳤다. "사자는 아무도 건드리지 않을 거예요."

"저 짐승을 돌려보내기 전에는 절대로 안 되지유." 앨리스가 말했다. "덜시 아가씨! 절대로 저 위로 가면 안 돼유."

"사자를 보내달라고 한 사람이 그 소원을 취소하면 돼요. 사자를 갖고 싶다고 한 사람이 누구였지? 조지였나?"

"그랬던 것 같아." 조지가 대답했다.

"한데, 사자를 원하는 거야?" 붉은 머리 소년이 물었다.

"아니, 난 싫어." 조지가 대답했다. "사자는 꼴도 보기 싫어." 조지가 그렇게 말하자마자 사자는 사라지고 없었다.

"자, 이제 우린 돌아갈 수 있어." 덜시가 말했다.

"덜시 아가씨!" 앨리스가 소리를 질렀다. "위쪽으로 가면 안 돼유. 그 짐승이 나무 뒤로 뛰어들어 갔어유. 내 눈으로 봤다니께유!"

"아녜요, 아니라고요." 붉은 머리 소년이 말했다. "사자는 사라지고 없어요. 그러니 어서 돌아오세요."

그들은 다시 돌아갔다. 앨리스가 나무 뒤쪽을 샅샅이 살펴봤지만, 정말 사자는 없었다.

"어, 조랑말들은 다 어디 갔지?" 덜시가 물었다.

"사자를 봤을 때 너희가 사라지라고 했잖아." 붉은 머리 소년이 말했다. "사자가 뛰어나왔을 때 난 모두 도망칠 수 있게 해달라고 빌었어. 조랑말을 타거나 마차에 앉아 있으면 달아날 수 없으니까."

그들은 모두 놀란 표정으로 서로 얼굴을 바라보았다. "그럼, 걸어서 갈 수밖에 없는 거야?" 덜시가 물었다.

"아, 이제 내 가방엔 조랑말이 하나도 남지 않았어." 붉은 머리 소년이 말했다.

"걷는 편이 더 나은 것 같아유." 앨리스가 말했다. "말이나 마차를 타고 갈수록 집에서 멀어졌어유. 참으로 이상한 일도 다 있구먼유." 앨리스는 이렇게 덧붙여 말하고 나서 칼을 들고 다가오는 키 작은 노인을 노려보았다.

"내 질리퍼스를 잃어버렸어." 키 작은 노인이 말했다. "호주머니에서 빠져나갔지 뭐야. 찾을 수가 없어."

"그것참 안됐어요." 덜시가 말했다. "멋진 질리퍼스였거든요. 할아버지가 질리퍼스가 걷고 말할 수 있게 해달라고 빌어보시죠. 그러면 찾을 수 있을지도 몰라요."

"암, 그러고 싶고말고." 키 작은 노인이 말했다. "내가 이제껏 보았던 것 중에서 제일 멋진 질리퍼스였어." 노인이 이렇게 말하자 발을 질질 끌며 풀밭을 걷는 소리가 들리더니 작고 가냘픈 목소리로 외치는 소리가 들렸다.

"여기 있어요, 에그버트 할아버지. 나 여기 있다고요."

"이건 내 이름인데." 키 작은 노인이 말했다. 발을 끌며 걷는 소리가 점점 가까이에서 들리더니 곧 풀밭을 가로질러 달려오는 질리퍼스가 보였다.

"귀여운 강아지." 디키가 소리를 질렀다. 그러더니 땅바닥에서 막대기 하나를 주워 들고 그것으로 질리퍼스를 때렸다. 아이가 막대기로 때릴 때마다 질리퍼스가 조금씩 커졌다.

"꼬마야!" 덜시가 소리를 질렀다. "에그버트 할아버지의 질리퍼스를 때리지 마! 앨리스 아줌마! 앨리스 아줌마!"

"강아지를 죽여버릴 거야." 디키가 말했다. 질리퍼스는 이제 어미 개만큼 커졌다. "강아지를 두 동강 낼 거야." 디키가 말했다. 그러자 질리퍼스가 두 동강 났다.

"네가 무슨 짓을 했는지 한번 봐!" 키 작은 노인은 그렇게 말하고는 팔꿈치에 얼굴을 파묻고 울기 시작했다.

"정말 죄송해요." 덜시가 말했다. "할아버지의 질리퍼스를 두 동강으로 만들다니, 디키는 나쁜 애예요."

그때 풀밭 발치에서 또 다른 작은 목소리로 울부짖는 소리가 들려왔다. 내려다보니 디키가 납으로 만든 병정만 한 크기로 줄어들어 있었다.

"그 애는 나쁜 소원을 빌어서 그렇게 된 거야." 붉은 머리 소년이 말했다. "뭔가에 해를 끼치는 소원을 말했거든."

"그 애를 밟으면 안 돼!" 덜시가 비명을 질렀다. 그와 거의

동시에 덜시와 앨리스도 디키처럼 몸이 작아졌다. 앨리스는
한 팔로 디키를 집어 올리고 다른 팔로 덜시를 몸에 꼭 끌어
안았다.

"이런 바보 멍텅구리 영감쟁이!" 앨리스가 작고 가냘픈
목소리로 키 작은 노인에게 소리를 질렀다. "당신이 한 짓을
좀 보라구유! 우리를 밟지 말아유!"

"이제 어떻게 해야 할지 모르겠는걸." 붉은 머리 소년이 말했다. "디키는 누군가를 위해 착한 일을 할 때까지 저렇게 작은 상태로 남아 있을 수밖에 없어. 그리고 덜시와 앨리스 아줌마도 디키가 작게 남아 있는 한 다시 커질 수 없어."

"차라리 우리가 모두 작아지는 편이 낫겠어." 키 작은 노인이 말했다. "그러면 모두 함께 있을 수 있을 테니까."

"좋아요." 붉은 머리 소년이 말했다. "참 좋은 생각이에요."

"난, 싫어." 조지가 곧바로 말했다. "난 작아지고 싶지 않단 말이야. 집에 가고 싶어." 그러자 조지가 갑자기 사라져 버렸다.

"그 아이가 사라져서 안됐군." 키 작은 노인이 말했다. "내가 그렇게 놀라지만 않았어도 그 사자를 죽일 수 있었는데."

그러자 나머지 다른 사람들도 모두 앨리스와 덜시와 디키처럼 몸이 작아졌다.

"아니 이럴 수가!" 키 작은 노인이 외쳤다. 그들은 아주 이상야릇하게 생긴 나무들이 서 있는 커다란 숲 안에 들어와 있었다. 나무들은 온통 초록색을 띠고 있었다. 납작한 나무들은 마치 커다란 칼날처럼 생겼고, 가지도 잎사귀도 전혀 없었다.

"저건 풀이에요." 붉은 머리 소년이 설명했다. "이쪽 길로 가는 게 좋겠어요."

그들은 이상하고 납작하게 생긴 나무 사이를 지나 계속 앞으로 나아갔고, 곧 노란 산에 이르렀다.

"이상한 산이로군." 키 작은 노인이 말했다. "나무토막으로 만들어졌다니."

그들은 위쪽으로 난 길을 찾으려고 산을 끼고 걸어갔다. 하지만 길이 가로막혀 빠져나갈 수 없었다.

"어떻게 된 건지 알겠어요." 붉은 머리 소년이 말했다. "우린 지금 에그버트 할아버지의 질리퍼스 안에 들어와 있는 거예요."

"내 질리퍼스를 되찾고 싶군." 키 작은 노인이 말했다. 그러자 그들은 놀란 표정으로 서로 얼굴을 바라보았다. 산이 갑자기 사라졌기 때문이었다. 키 작은 노인이 말했다. "내 호주머니 속에 뭔가 뛰어들어 왔어." 그리고 그는 호주머니에 한 손을 집어넣어 질리퍼스를 꺼냈다. "아, 질리퍼스를 되찾게 돼서 기분이 아주 좋구먼. 내가 만든 것 중에서 가장 멋진 질리퍼스거든."

그들은 다시 계속 걸어서 숲 속에서 빠져나와 커다란 사막으로 들어갔다. 사막 한복판에는 앨리스나 그녀의 남편이 그때까지 본 것 중에서 가장 큰 짐승이 서 있었다.

"코끼리보다 더 크네유."

앨리스가 말했다.

"내 조랑말이에요." 붉은 머리 소년이 설명했다. "이 조랑말은 집으로 돌아가는 길을 알고 있어요."

그들이 사막을 가로질러 가자 갑자기 독수리보다 두 배나 큰 어치 한 마리가 그들을 향해 날아왔다. 앨리스는 다시 한 손으로 디키를 집어 올리고 다른 손으로 덜시를 끌어당겼다. 어치는 그들 주위를 빙빙 돌면서 부리로 디키를 물어 가려고 했다. 앨리스의 남편이 엽총으로 어치를 겨누고 쏘았지만, 새는 계속 그들 주위를 맴돌면서 디키를 잡아먹으려고 했다. 어치는 디키가 너무 작아서 벌레로 알았던 것이다.

"할아버지 모자를 바닥에 벗어놓으세요!" 붉은 머리 소년이 키 작은 노인에게 외쳤다. 그러는 동안 앨리스의 남편은 어치와 싸우고 있었다. 키 작은 노인이 모자를 땅에 내려놓자 붉은 머리 소년은 모자가 수프 접시만큼 커지게 해달라고 빌었다. 그랬더니 정말 그렇게 되었다. 그들은 모두 모자 밑으로 들어갔다. 어치가 밖에서 모자를 쪼는 소리가 들렸지만, 안에는 들어오지 못했다.

마침내 어치의 소리가 들리지 않자, 앨리스의 남편이 모자를 쳐들고 바깥을 내다보았다.

"가버렸어유." 앨리스의 남편이 말했다. 그러고는 모자를 내려놓으면서 안으로 펄쩍 뛰어들어 갔다.

"하느님 맙소사!" 앨리스의 남편이 소리쳤다. "지금 지진이 일어나고 있어유!"

그때 갑자기 땅이 솟아올랐고, 그들은 넘어지면서 높은 언덕 아래로 굴러떨어졌다. 모자가 굴러가고 그들도 엎치락뒤치락하며 뒹굴었다. 지진이 그들 옆으로 지나가는 것이 보였다. 밑에서 무엇인가가 굴을 파고 지나가는 것처럼 땅이 둥글게 솟아오르는 것이 보였다.

"저건 두더지예요." 붉은 머리 소년이 말했다. "자, 숲 속으로 다시 들어가 어떻게 할지 생각해보는 게 좋겠어요."

그들은 이상하게 생긴 납작한 나무 사이로 다시 달려 들어갔다.

"내 생각에는 앨리스 아줌마 남편이 다시 커지게 해달라고 비는 게 좋겠어요. 그러면 우리는 모두 다시 모자 속으로 들어가고, 아저씨가 우리를 들고 집으로 돌아갈 수 있으니까요."

그들은 앨리스의 남편이 다시 커지기를 빌었다. 그는 모자를 땅바닥에 내려놓고 한 사람씩 아주 조심스럽게 집어서 모자 안에 넣었다.

"이런 바보 멍텅구리!" 앨리스가 작지만 날카로운 목소리로 외쳤다. "나랑 이 어린아이를 조심해서 들어 올리지 못하겠어유? 그러지 않으면 모가지에서 머리통을 빼버리고, 등뼈를 부러뜨려 허리에 밀어 넣겠어유."

앨리스의 남편은 모자를 집어 들고 계속 걸어갔다. 덜시, 디키, 앨리스, 붉은 머리 소년, 그리고 키 작은 노인이 모자 안에 앉아 있었다. 그들은 앨리스 남편의 머리통과 하늘, 그리고 나무 꼭대기 말고는 아무것도 볼 수 없었다. 얼마 뒤 디키는 잠이 들었고, 덜시도 졸기 시작했다. 하지만 앨리스 남편의 모자 속에는 베개가 없어 편안하지 않았다.

포근하고 푹신한 내 침대에 누워 있다면 얼마나 좋을까, 하고 덜시는 혼잣말을 했다. "아냐, 싫어! 아니, 그러기 싫어!" 소녀는 비명을 질렀지만, 때는 늦었다. 덜시는 이미 집에 돌아와 침대에 혼자 누워 있었다. "난 이곳에 있고 싶지 않아!" 덜시가 우는 소리를 냈다. "에그버트 할아버지를 찾아내면 다른 사람들이 어디 있는지 가르쳐주실 거야."

그러자 덜시는 다시 문 위에 장미꽃이 피어 있는 잿빛 오두막집 앞에 서 있었다. "사람들하고 헤어진 곳이 여기가 아닌데!” 덜시가 말했다. “앨리스 아줌마랑 디키랑 모리스랑 에그버트 할아버지랑 엑소더스 아저씨가 있는 곳으로 돌아가고 싶어.” 하지만 이번에는 아무 일도 일어나지 않았다. 덜시는 색깔이 있는 나무 잎사귀를 기억해내고 옷의 호주머니에 손을 집어넣었다. 하지만 잎사귀는 그곳에 없었다.

덜시는 어떻게 해야 좋을지 몰랐다. 그래서 오두막집 앞쪽 길에 서 있는데 누군가가 집 뒤에서 장작을 패는 소리가 들렸다. 소녀는 앞쪽 문을 열고 앞마당으로 들어갔다. 오두막집의 현관문은 닫혀 있고 문 근처 땅바닥에는 누군가가 칼로 나무를 깎았는지 나무 조각이 몇 개 흩어져 있었다. 또 앞마당 주위에는 다리미와 밀대, 그리고 자명종 시계가 떨어져 있었다. 덜시가 집 주위를 돌아가니 잿빛 수염을 길게 기른 키 작은 노인 하나가 장작을 패고 있었다. 덜시는 키 작은 노인에게 다가갔다.

“다른 사람들은 어디 있어요, 에그버트 할아버지?” 덜시가 물었다.

노인은 도끼를 떨어뜨리고 휙 돌아섰다. “아가씨, 지금 뭐라고 했소?” 키 작은 노인이 물었다.

“일행을 잃어버렸어요.” 덜시가 설명했다 “우린 그곳에 함께 있었는데 지금 난 그들을 찾을 수가 없어요.”

"피크닉하러 갔었나 보지?" 키 작은 노인이 물었다. "나도 옛날엔 피크닉깨나 다녔는데."

"아, 할아버지도 우리랑 같이 계셨어요. 그럼, 할아버지도 길을 잃으신 거예요?" 덜시가 물었다.

키 작은 노인의 눈은 아주 온화한 푸른색을 띠고 있었다. "옛날에 나도 피크닉을 자주 다니곤 했어." 키 작은 노인이 말했다. "하지만 피크닉하러 간 지 아주 오래되었거든."

"어머, 할아버진 오늘 아침에 우리와 함께 계셨어요." 덜시가 놀란 표정으로 말했다. "기억나지 않으세요? 할아버진 사과 파이랑 아이스크림을 드셨잖아요!"

"내가 그랬어?" 키 작은 노인이 말했다. 그는 기다란 잿빛 수염을 흔들었다. "젊었을 적엔 아이스크림을 무척 좋아했지. 하지만 이제는 아이스크림을 별로 먹지 않아." 키 작은 노인은 패던 장작을 옆으로 밀어놓았다. "이 통나무에 좀 앉지그래?" 키 작은 노인이 예의를 차리며 말했다.

덜시는 슬픈 표정으로 앉았다. "그럼, 할아버지도 그 사람들이 어디 있는지 모르세요?" 덜시가 물었다.

키 작은 노인도 앉았다. "저런, 저런!" 그가 말했다. "난 피크닉하러 간 지 여러 해 되었어. 하지만 지금은 예전처럼 젊지 않아서 좀 게을러진 거야. 그래서 보다시피, 운동이나 조금 할까 해서 장작을 패고 있는 거야."

"할아버진 연세가 어떻게 돼요?" 덜시가 물었다.

"지난 사월로 아흔하고도 두 살이나 됐어." 키 작은 노인이 대답했다.

"그럼, 할아버진 그 사람들이 어디 있는지 모르신단 말씀이죠?" 덜시가 말했다. "난 그들과 함께 있다가 그만 기, 길을 잃고 말았어요. 그런데 지금 그들을 차, 찾을 수가 없어요. 그래서 거, 겁이 나요." 덜시가 울기 시작했다.

키 작은 노인은 안절부절못하고 벌떡 일어서더니 혀를 차는 소리를 냈다. 그러더니 갑자기 호주머니를 뒤졌다. "내가 만든 물건을 봐." 그가 말했다.

덜시는 눈물을 닦고 들여다보았다. "어머, 질리퍼스잖아요!" 소녀가 소리를 질렀다.

"이게 그거야?" 키 작은 노인이 기쁜 표정으로 물었다. "난 이게 뭔지 몰랐지. 원하면 가져도 좋아." 그가 덧붙였다.

"제가 원하는 건 앨리스와 디키예요." 덜시가 또다시 울면서 말했다.

키 작은 노인은 혀를 차며 두 손을 다시 호주머니에 집어넣었다. "오늘 아침 내가 길에서 주운 것 좀 봐. 처음에는 잎사귀라고 생각했지만, 지금 보니 용의 비늘 같기도 하고, 대

괴조(大怪鳥)의 깃털 같기도 해."

덜시는 그 잎사귀를 보자 손뼉을 쳤다. 노인이 들고 있는 동안 그 잎사귀는 딱히 어떤 색이 아니라 희미한 분홍빛이 감도는 초록색을 띠고 있었다. "가지고 싶으면 가지렴." 키 작은 노인이 말했다.

"아, 고맙습니다. 정말 고맙습니다!" 덜시가 나뭇잎을 손으로 꼭 쥐고 큰 소리로 말했다. "곧 피크닉 가면 할아버지를 모시러 올게요." 덜시가 약속했다. "고맙습니다. 정말 고맙습니다!"

"한때는 피크닉을 무척 좋아했지." 키 작은 노인이 말했다. 바로 그때 그의 아내가 부엌문을 열었다.

"에그버트, 당신!" 할머니는 소리를 지르고는 쾅! 하고 문을 다시 닫았다. 키 작은 노인은 도끼를 집어 들고 미친 듯이 장작을 패기 시작했다.

"자, 그럼, 전 디키랑 앨리스 아줌마랑 모리스랑 엑소더스 아저씨가 있는 곳에 가고 싶어요……." 덜시가 푸른색 나뭇잎을 손에 꼭 쥐고 두 눈을 지그시 감으며 말했다.

"안녕, 덜시! 안녕 덜시!" 그들은 입을 모아 소리쳤다. 덜시는 디키와 앨리스를 껴안았고, 앨리스와 디키는 덜시를 껴안았다. 앨리스의 남편은 찢어질 듯이 입을 크게 벌린 나머지 이가 모두 보였다. 붉은 머리 소년은 이상야릇한 황금색 점들이 박힌 눈으로 그들을 지켜보았다.

"디키가 어떻게 해서 다시 커진 거야?" 덜시가 물었다.

"그 떠돌이 영감이 질리퍼스를 엑소더스의 모자 주름 사이에 잃어버렸는데 디키가 그걸 찾아줬지유." 앨리스가 설명했다. 그러자 덜시는 디키와 앨리스를 다시 껴안았고, 앨리스와 디키는 덜시를 다시 껴안았다.

"자, 인제 그만 가죠." 붉은 머리 소년이 말했다. 그들은 계곡 안에 들어가 있었고, 이제 곧바로 강가에 다다를 참이었다. 계곡은 향기로운 냄새로 가득 차 있었다. 그들이 계속 걸어가자 곧 수천 개의 서로 다른 색깔의 잎사귀로 덮인 나무 한 그루가 보였다.

"소원을 비는 나무다!" 덜시가 외쳤다.

"그런 것 같은데." 붉은 머리 소년이 맞장구쳤다. 하지만 나무에 가까이 다가가니 나뭇잎들이 공중으로 날아올라 나무 주위를 빙빙 맴돌았다. 그러더니 나무는 은처럼 반짝이는 긴 수염이 달린 키 큰 노인으로 변했다. 그리고 나뭇잎들은 온갖 색깔, 온갖 종류의 새들이 되었다.

"안녕하세요, 프란체스코 신부님." 붉은 머리 소년이 말했다.

"너도 잘 있었느냐, 모리스." 프란체스코 성인이 대답했다. 온갖 색깔의 새들은 여전히 공중에서 주위를 맴돌면서 그의 어깨와 머리와 팔에 앉아 노래를 불렀다.

"이 아이는 덜시예요. 그리고 디키, 앨리스 아줌마, 아줌마의 남편이에요." 붉은 머리 소년이 말했다.

"우린 지금 '소원을 비는 나무'를 찾고 있어요." 덜시가 말했다.

프란체스코 성인은 그들을 바라보았고, 두 눈이 반짝반짝 빛났다.

"그래서 너희는 그걸 찾았느냐?"

"알 수가 있어야죠." 덜시가 대답했다. "어쩌면 이 나무가 아닌가 했어요."

프란체스코 성인은 잠시 생각에 잠겼고, 새들은 오색구름처럼 그의 주위에 내려앉았다. 성인이 입을 열자 새들은 다시 공중으로 날아가 그의 머리 주위를 맴돌았다.

"너희는 저쪽 숲 속에 있는 나무에서 잎사귀를 따지 않았더냐?" 프란체스코 성인이 물었다.

"네, 프란체스코 신부님." 덜시가 대답했다.

"아, 그 나무가 바로 소원을 비는 나무였단다. 그런데 그 나무에 잎이 수천 개 매달려 있다고 상상해보렴. 그리고 수천 명의 남자아이와 여자아이가 그 나뭇잎을 하나씩 딴다고

상상해보렴. 그러면 다른 사람들이 찾아왔을 때 그 나무에
는 잎이 하나도 남아 있지 않겠지?”

“네, 맞아요, 프란체스코 신부님.” 덜시가 대답했다.

“그러니 그렇게 소원을 비는 것은 이기적이란다. 그렇지
않니?”

“네, 맞아요, 프란체스코 신부님.”

“그럼, 너희가 가진 나뭇잎을 내게 주면 내가 그것을 다시
나무에 붙여놓으마. 그 대신 내가 가진 새를 너희에게 한 마
리씩을 주도록 하마. 너희가 새에게 먹이를 주고 잘 보살피
다 보면, 절대로 이기적인 소원을 빌지 않게 될 거야. 힘없는
것들을 보살펴주고 보호해주는 사람은 이기적인 소원을 빌
지 않는 법이거든. 너희도 그렇게 할 수 있겠지?”

“네, 프란체스코 신부님.” 그들은 한목소리로 대답했다.
그들은 가지고 있던 나뭇잎을 프란체스코 성인에게 주었고,
성인은 옷자락 아래서 고리버들 새장을 꺼내 덜시에게 새장
에 들어 있는 파랑새 한 마리를 주었다. 성인은 또 다른 새장
을 꺼내 붉은 머리 소년에게 새장에 들어 있는 꾀꼬리 한 마
리를 주었다. 그리고 앨리스에게는 홍방울새를 주었다. 디
키는 아직 어리고 덜시의 남동생이었기에 날개 끝이 푸르스
름한 조그마한 흰 새를 주었다.

“앨리스 아줌마의 남편은요?” 덜시가 물었다.

“그이는 앨리스를 도와 홍방울새에게 먹이를 줄 거야.” 프란체스코 성인이 대답했다. “만약 또다시 그녀 곁을 떠나가면 이기적으로 소원을 비는 사람이 될 수밖에 없을 거야.”

“그럼 조지는요?” 덜시가 물었다.

“조지는 소원을 빌지 않는 게 좋아.” 프란체스코 성인이 대답했다. “조지는 첫 번째 소원을 빌고 나서 벌을 받았어. 그리고 두 번째 소원을 빌고는 아무 이유 없이 너희를 놀라게 했지. 게다가 세 번째 소원을 빌고는 곤경에 빠진 너희를 버리고 떠났잖니.”

“에그버트 할아버지는요?” 덜시가 물었다. “그분은 새를 받을 자격이 있죠?”

“아, 그분은 내가 줄 수 있는 것 이상으로 이미 많은 걸 가지고 있어. 나이가 많아서 이제 소원을 빌 만한 게 아무것도 없어. 그런데 그분은 어떻게 된 거냐?”

“그분의 아내가 와서 데려갔어유.” 앨리스가 말했다.

“그렇다면 더욱 아무것도 필요 없지.” 프란체스코 성인이 말했다.

그가 말을 마치자 새들이 다시 날아와 그의 머리와 어깨에 내려앉았다.

"안녕히 계세요, 프란체스코 신부님." 그들이 말했다. "그리고 고마워요." 하지만 프란체스코 성인은 새들에 둘러싸인 채 그들을 향해 미소만 지을 뿐이었다. 그들은 계속 길을 걸어갔다.

그들은 강둑에 이르렀다. 하지만 무엇보다도 이상한 일은 강이 평평하지 않고 잿빛 벽처럼 모서리 위에 서 있다는 점이었다.

"참으로 웃기는 강이네!" 덜시가 말했다. 강에는 안개가 자욱이 끼어 있는 듯했다. 그 안에 집 사이로 길거리 같은 희미한 것이 바로 앞쪽으로 뻗어 있는 것이 보였다. 물에서는 등나무 냄새가 풍겼다.

"강을 건너가야 할 거야." 붉은 머리 소년이 말했다.

"아, 그러기가 무서워." 덜시가 말했다. "잠깐 기다려!"

하지만 붉은 머리 소년은 벌써 강에 발을 담갔다. 앨리스와 디키와 앨리스의 남편도 그의 뒤를 따랐다. "잠깐 기다려!" 덜시가 다시 소리를 질렀지만, 그들은 희미한 형체로 보일 뿐이었다. 머리카락에서 약하게 빛이 나는 붉은 머리 소년은 여위고 못생긴 얼굴과 황금빛 점이 박힌 이상한 눈을 돌려 소녀에게 손짓했다.

"잠깐 기다려줘!" 덜시가 다시 소리쳤다. 소녀도 안개 속

으로 발을 내딛고는 두 손으로 앞을 더듬었다. 하지만 다른 사람들은 이미 앞쪽으로 사라졌고, 보이는 것이라곤 안개 속에서 빛나는 붉은 머리 소년의 머리카락뿐이었다.

소녀는 잠이라는 둥근 어항에 들어 있는 금붕어와 같다고나 할까. 잠이라는 따듯한 물속에서 점점 꼭대기를 향해 솟아오르고 있었다. 그러고 나면 이제 잠에서 깨어날 참이었다.

그러다가 소녀는 마침내 잠에서 깨어났다. 소녀의 몸속에 들어 있는 조그마한 풍선이 점점 커지면서 온몸과 두 팔과 두 다리가 마치 페퍼민트 조각을 씹은 것처럼 상쾌했다. 도대체 무슨 일일까? 소녀는 생각했다. 도대체 무슨 일일까?

"생일이야, 생일!" 가까이서 외치는 소리가 들렸다. 소녀가 두 눈을 크게 뜨자 디키가 옆 침대에서 껑충껑충 뛰고 있었다. 엄마도 허리를 굽히고 소녀를 내려다보고 있었다. 덜시의 엄마는 몸이 아주 가냘프고 키가 큰 미인이었다. 진지하면서도 슬픈 듯한 두 눈은 바다처럼 자주 변했다. 소녀가 아플 때 엄마는 가냘픈 두 손으로 부드럽게 어루만져주었다.

"자, 이것 좀 보렴." 엄마가 말하면서 파랑새가 들어 있는 고리버들 새장을 내밀었다. 덜시는 기뻐서 그만 비명을 질렀다.

"새를 갖고 싶어, 엄마." 디키가 말했다. "새를 갖고 싶어, 엄마."

"새의 반은 네 거야." 덜시는 이렇게 말하고 나서 디키에게 새장을 들고 있으라고 했다. 소녀가 다시 두 눈을 감자 엄마는 한 손으로 덜시의 이마를 짚었다. 덜시는 프란체스코 성인과 눈이 이상하고 머리카락이 불타는 듯한 모리스를 떠올렸다. 어쨌든 비록 꿈일지라도 소녀는 파랑새를 갖게 되었다. 프란체스코 성인은 힘없는 것들을 친절하게 대해주면

'소원을 비는 나무'가 없어도 바라는 일들이 이루어질 수 있
다고 했다. 내년에도 다시 생일이 돌아올 것이다. 그리고 만
약 왼쪽 발부터 먼저 침대에 올라가서 잠들기 전에 베개를
뒤집으면 또 무슨 일이 일어날지 누가 알겠는가?

'녹색 동화'의 가능성

김욱동

흔히 '천상의 목소리'로 평가받는 미국의 2인조 포크록 그룹 사이먼 앤 가펑클의 멤버인 폴 사이먼은 사랑하는 사람과 헤어지는 방법이 무려 오십 가지나 된다고 노래한 적이 있다. 연인들은 이런저런 이유로 헤어지고, 심지어 사랑하기에 헤어질 수밖에 없다는 궤변까지 있는 것을 보면 그 노래 가사에 일리가 없지 않다.

그런데 사랑하는 사람에게 구애하는 방법도 헤어지는 방법만큼이나 많으면 많았지 결코 적지는 않을 것 같다. 사람들은 사랑하는 사람에게 구애할 때 온갖 수단과 방법을 가리지 않기 때문이다. 최근 한 생물학자는 소금쟁이 수컷이 암컷을 협박하여 이성에게 구애한다는 사실을 밝혀내어 관심을 끌었다. '협박'이라는 방법을 동원하여 구애하는 것은 비단 소금쟁이만이 아니라 어쩌면 인간에게도 해당할지 모르겠다.

F. 스콧 피츠제럴드, 어니스트 헤밍웨이와 더불어 흔히 '현대 미국 소설의 삼총사'로 일컫는 윌리엄 포크너(William Faulkner, 1897~1962)는 여성에게 구애하는 방법도 남달랐다. 미국에서도 오지 중의 오지라고 할 미시시피 주 옥스퍼드에 살던 포크너는 단짝 친구인 '에스텔 올드햄'이라는 여성을 무척 좋아하였다. 옥스퍼드 지역 변호사의 딸이었던

에스텔의 집은 포크너가 살던 집에
서 겨우 몇 블록밖에 떨어져 있지
않았다. 이렇게 집도 가깝고 나이도
서로 비슷하여 두 사람은 어렸을 적
부터 그야말로 소꿉친구처럼 친하
게 지냈다.

포크너의 동생 중 한 사람의 표현
을 빌리자면 에스텔은 "꿩처럼 예
뺐다"고 한다. 미국의 꿩이 얼마나
예쁜지는 알 수 없어도 그녀는 같

어린 시절 포크너는 그림도
잘 그리고 글을 잘 짓는 수재
로 인정받았지만, 중학교 때
부터 학업에 흥미를 느끼지
못해 고등학교 때 중퇴했다.

은 또래의 남학생 사이에서 꽤 인기가 있었던 것만은 틀림
없다. 피아노도 잘 치고 무용도 곧잘 하고 붙임성도 많았다.
한편, 포크너는 학업에 별다른 흥미를 느끼지 못하다가 마
침내 고등학교 3학년 때 중퇴하고 말았다. 그래도 두 사람은
계속 허물없는 친구로 가깝게 지냈다. 이 무렵 포크너는 문
학을 한답시고 일정한 직업도 없이 옥스퍼드 읍내를 배회하
며 빈둥거리기 일쑤였다. 에스텔이 건달과 다름없는 포크너
와 가깝게 지내는 것을 그녀의 집에서 좋아할 리 없었다.

그러다가 1918년 4월 에스텔이 하와이에서 개업 중이던
젊은 변호사 코넬 프랭클린과 결혼하자 포크너는 참으로 감

포크너의 첫사랑 에스텔 올드햄. 변호사의 딸인 에스텔은 성격이 발랄하고 예능에 재능이 많아 남학생 사이에서 인기가 있었다.

당하기 어려운 충격을 받았다. 포크너는 에스텔이 자기와 결혼할 것을 은근히 기대하고 있었기 때문이다. 집에서 포크너와의 결합을 반대한다는 것을 잘 알고 있던 에스텔은 포크너에게 함께 도망가자고 한 적도 있었다. 에스텔이 결혼했을 때 포크너는 겨우 스물한 살밖에 되지 않았다. 동양에서나 서양에서나 실연당

한 젊은이에게 군대는 더없이 좋은 도피처가 된다. 그래서 그는 미 육군에 지원했지만, 키도 작고 몸무게도 적다는 이유로 입대를 거부당하였다. 평생 알코올 중독 증세를 보인 그는 바로 이 무렵부터 술을 많이 마시기 시작하였다.

이렇게 첫사랑 에스텔을 '빼앗긴' 충격에서 좀처럼 벗어나지 못하던 포크너는 코네티컷 주 뉴헤이븐에 있던 필 스톤을 찾아간다. 옥스퍼드는 소꿉동무 시절부터 에스텔과 함께 20여 년 동안 함께 지낸 곳으로 눈을 돌리는 곳마다 그녀와의 추억이 짙게 묻어 있었다. 포크너는 그런 고향에서 잠시라도 떠나 있고 싶었다. 실연당한 사람에게 장소를 옮기는 것보다 더 좋을 방법도 없을 것이다. 이 무렵 옥스퍼드 출

신으로 예일 대학교에서 법학을 공부하고 있던 스톤은 그에게 멘토 역할을 하고 있었다.

포크너는 'Falkner'에서 'Faulkner'로 성(姓)을 바꾸면서까지 자신을 영국인으로 속여 영국 공군(RAF)에 지원했고, 가까스로 입대할 수 있었다. 그러나 캐나다 토론토에서 사관생도로 훈련받던 중 그해 11월에 제1차 세계대전이 휴전되는 바람에 그는 영국 공군 장교복을 걸치

첫사랑 에스텔이 결혼한 뒤 포크너는 영국 공군에 입대하여 캐나다 토론토에서 사관후보생 자격으로 훈련을 받았으나 도중에 휴전되자 장교복에 공군 기장을 달고 다리를 절룩이며 고향 옥스퍼드로 돌아왔다.

고 다리를 절룩거리며 고향으로 돌아올 수밖에 없었다. 그가 이렇게 다리를 절룩거린 것은 훈련 도중 부상했기 때문이 아니라 휴전이 되었다고 친구들과 술을 마시다가 다쳤기 때문이다. 영국 공군 징병 장교들이 포크너에게 속았던 것처럼 옥스퍼드 주민도 그가 훈련 도중 부상당한 것으로 깜박 속아 넘어갈 수밖에 없었다.

1. 『소원을 비는 나무』의 집필과 출간 과정

에스텔 올드햄이 프랭클린과 결혼한 지 십 년도 채 되지 않아 두 사람의 관계는 삐걱거리기 시작하였다. 남편이 변호사 일로 동남아시아에 자주 출장을 가고, 한때는 에스텔도 남편을 따라 낯선 이국에서 살아야 하였다. 1927년 에스텔은 이혼숙려 기간이 지나자 곧바로 이혼 서류를 접수한 뒤 딸 빅토리아와 아들 맬컴을 데리고 친정집으로 돌아와  옥스퍼드에서 지내고 있었다. 포크너에게는 첫사랑을 되찾을, 더할 나위 없이 좋은 기회였다.

포크너는 속으로 은근히 에스텔이 프랭클린과 정식으로 이혼한 뒤 자신과 결혼하기를 바라고 있었다. 『소원을 비는 나무』(1967)의 마지막 장면에서 포크너는 화자의 입을 빌려 주인공 덜시의 어머니가 "몸이 아주 가냘프고 키가 큰 미인이었다. 진지하면서도 슬픈 듯한 두 눈은 바다처럼 자주 변했다."라고 묘사한다. 여러모로 미루어보아 에스텔의 모습을 염두에 두고 쓴 것임이 틀림없다. 물론 이 무렵 포크너는 전보다는 훨씬 유리한 입장에서 에스텔에게 접근할 수 있었다. 또 그녀의 부모가 그를 대하는 태도도 이전과는 조금 달랐다.

그러나 포크너가 에스텔과 실제로 결혼하기까지는 2년을 더 기다려야 하였다. 에스텔이 프랭클린과 결혼한 지 11년, 이혼 서류를 제출한 지 2년 뒤, 그러니까 1929년 11월 포크너는 마침내 첫사랑과 결혼하기에 이르렀다. 물론 이 두 사람의 결혼은 머지않아 비극으로 판명되었다. 걸핏하면 다투기 일쑤였고, 두 사람 모두 울분을 술로 달래곤 하였다. 포크너는 아내한테서 받지 못하는 애정과 관심을 다른 여성들한테서 찾으려고 하였다. 어니스트 헤밍웨이처럼 드러내놓고 애정 행각을 벌이지 않았을 뿐, 여성 편력으로 말하자면 포크너도 헤밍웨이 못지않다. 대충 꼽아보아도 그와 염문을 뿌린 여성이 네댓 명은 된다. 그가 네 번이나 결혼한 헤밍웨이처럼 선뜻 이혼하지 않은 것은 비난의 화살을 감당할 용기가 없는 데다, 남부 출신으로 사회적 명성에 대한 부담이 너무 컸기 때문이다.

포크너는 에스텔과 정식으로 결혼하기까지 온갖 방법을 동원하여 그녀에게 구애하였다. 그런데 그가 사용한 구애 방법이 아주 유별나다. 그는 에스텔에게 직접 접근하기보다 그녀가 프랭클린과의 사이에서 낳은 아이들과 친하게 지내는 등 간접적으로 접근했던 것이다. 군사 용어를 빌려 말하자면 정면 공격보다는 측면 공격을 시도했던 셈이다. 포크너는 특히 '초초'라는 애칭으로 부르던 빅토리아와 가깝게 지냈다. 5센트짜리 바닐라 웨이퍼 과자를 함께 나눠 먹으며 집 근처 숲 속을 산책하는가 하면, 요정과 귀신이 나오는 옛날이야기를 들려주기도 하였다.

에스텔의 환심을 사려고 포크너가 동원한 구애 방법 중에서도 그녀의 딸 빅토리아에게 준 생일 선물은 가장 관심을 끌 만하다. 빅토리아가 여덟 살이 되던 생일에 포크너는 손수 책을 만들어 선물하였다. 그는 직접 이야기를 짓고 타자기로 원고를 친 뒤 색깔 있는 종이로 표지와 장정을 예쁘게 꾸며 한 권의 책으로 만들었다. 모두 47쪽이 되는 이 책에는 헌정 시와 함께 "1927년 2월 5일"이라는 날짜가 적혀 있다. 포크너는 이 책에 '소원을 비는 나무'라는 제목을 붙였다. 그리고 속표지에는 "여덟 번째 생일을 맞는 / 사랑하는 친구 / 빅토리아를 위하여 / 빌이 이 책을 / 만들다."라고 헌정문을 썼다. 바로 포크너의 유일한 동화라고 할 『소원을 비는 나무』가 탄생한 순간이었다.

이보다 조금 앞서 포크너는 에스텔이 쓴 소설을 출간해 주려고 애쓴 적도 있다. 프랭클린과의 결혼 생활 틈틈이 그녀는 『하얀 너도밤나무』라는 장편 소설을 집필하였다. 포크너는 몇 달 전 자신의 처녀 소설 『병사의 봉급』(1926)을 출간

한 뉴욕의 보니 앤 라이브라이트 출판사 사장 호러스 라이브라이트에게 편지를 보내 이 원고의 출간 의사를 타진하였다. 이 편지에서 포크너는 "문학적 열망은 전혀 없지만, 다만 시간을 보내려고 쓴 작품"이라고 전제한 뒤 자신의 판단으로는 "꽤 괜찮은 작품"이라고 추천 이유를 밝혔다.

포크너의 처녀 장편 소설 『병사의 봉급』(1926)의 초판 표지. 제1차 세계대전에 참가한 병사를 다룬 '길 잃은 세대'에 속하는 작품이다. 포크너가 이 소설로 문단에 데뷔하는 데에는 셔우드 앤더슨의 역할이 컸다.

그러나 이 원고를 직접 타자본으로 만든 포크너는 원고를 보니 앤 라이브라이트 출판사에 보내는 대신 찰스 스크리브너스 출판사에 보냈다. 출간할 수 없다는 편지와 함께 원고가 반송되자 에스텔은 화가 나서 그만 원고를 불태워버렸다. 그러자 포크너는 오히려 그녀에게 화를 냈다. 자신은 수없이 출간을 거절당하면서도 원고를 불태운 적은 없었는데 겨우 한 번 거절당하고 나서 원고를 불태워버린 에스텔의 태도가 못마땅했던 것이다.

포크너가 이렇게 손수 책을 만늘어 수위 사람들에게 선물로 준 것은 『소원을 비는 나무』가 처음은 아니다. 1921년

포크너가 첫사랑 에스텔 올드햄에게 손수 만들어 증정한 시집 『봄의 꿈』. 에스텔이 결혼한 뒤에도 포크너는 그녀를 잊지 못했다. 표지 가운데 원 속의 여성이 에스텔이다.

에도 그는 이미 남의 아내가 된 에스텔에게 『봄의 꿈』(1984)이라는 시집을 타자본으로 만들어 증정하였다. 이것은 그가 여전히 첫사랑을 잊지 못하고 있다는 증거였다. 1924년에는 옥스퍼드 초등학교 시절부터 잘 알고 지내던 '머틀 래미'라는 여성을 위하여 『미시시피 시』(1979, 1981)라는 시집을 만들어 선물한 적도 있다. 그런가 하면 루이지애나 주 뉴올리언스에 머물던 1925년과 1926년에 '헬렌 베어드'라는 아가씨를 연모하여 이 여성을 위해 『오월제』(1976)라는 우화집과 『헬렌: 구애』(1981)라는 시집을 손수 만들어 선물하기도 하였다.

포크너의 이러한 태도는 작가로서 명성을 얻은 뒤에도 달라지지 않는다. 1949년에 그는 테네시 주 멤피스 출신의 열아홉 살 난 작가 지망생 조운 윌리엄스를 만났다. 이듬해 포크너는 그녀와 함께 『어느 수녀를 위한 진혼곡』(1950)을 집필하기 시작하였다. 또한, 그녀가 쓰고 있는 장편 소설 『월동』(1971)의 창작을 도와주기도 하였다. 이렇게 겉으로는 원로 작가가 장래가 유망한 젊은 작가 지망생을 도와주는 것처럼 보였지만, 실제로 두 사람 사이는 연인 관계와 다름없었다. 이렇듯 작가 포크너에게 책을 만들어 선물하거나 책을 출간하도록 도와주는 것은 사랑하는 연인에게 구애하는 방법, 아니 좀 더 정확히 말하면 연인의 마음을 사는 편법이었던 것이다.

여기에서 한 가지 흥미로운 점은 포크너가 『소원을 비는 나무』를 빅토리아 프랭클린 한 사람에게만 선물로 준 것이 아니라는 사실이다. 빅토리아에게 이 책을 선물할 무렵 그는 또 다른 어린이에게도 똑같은 책을 똑같은 형식으로 만들어 선물하였다. 포크너는 토론토에서 돌아온 뒤 참전 용사에게 주는 특전으로 잠시 미시시피 대학교에서 특별학생 자격으로 강의를 들은 적이 있다. 이때 강의를 맡은 한 강사의 딸 마거릿 브라운에게 빅토리아에게 준 것과 똑같은 내용의 책을 선물했던 것이다. 그로부터 20여 년이 지난 1948년 크리스마스가 다가오자 포크너는 마거릿에게 선물한 책을 빌려 조금 다르게 만든 뒤 자신의 대자(代子)인 필립 앨스턴 스톤에게 한 권, 친구요 연극배우인 루스 포드의 딸 셸리에게 한 권 선물로 주었다. 그러니까 그는 『소원을 비는 나무』를 모두 네 부 만들어 나누어준 셈이다. 이렇게 선물을

『소원을 비는 나무』
(1967)

줄 때마다 포크너는 그 책을 선물 받는 사람을 위하여 특별히 만들었다는 인상을 심어주었다.

『소원을 비는 나무』는 그동안 빅토리아 프랭클린이 결혼한 뒤에도 개인 기념품으로 소장하고 있다가 선물로 받은 지 40년이 지난 1967년에야 비로소 햇빛을 보게 되었다. 이 해 미국의 주간지 『새터데이 이브닝  포스트』가 4월 8일 자로 이 작품을 처음 전재했고, 그로부터 사흘 뒤 랜덤 하우스 출판사에서 돈 볼로네즈의 삽화를 곁들여 단행본으로 출간하였다. 조금 환상적이면서도 사실적인 그의 삽화는 이 동화에 그야말로 안성맞춤이었다. 이 한국어 번역본에 실린 삽화가 바로 돈 볼로네즈가 그때 그렸던 작품으로 그는 이 책의 출간을 기념하는 편지를 보내오기도 하였다. 편지에서 그는 이 삽화를 자신에게 의뢰한 사람은 포크너의 조카딸이었다고 밝혔다.

이 책은 네 개의 사본 중에서 빅토리아 프랭클린에게 처음 증정한 텍스트를 저본으로 삼았다. 그런데 흥미롭게도 이 책이 저본으로 삼은 빅토리아의 텍스트에는 나머지 세

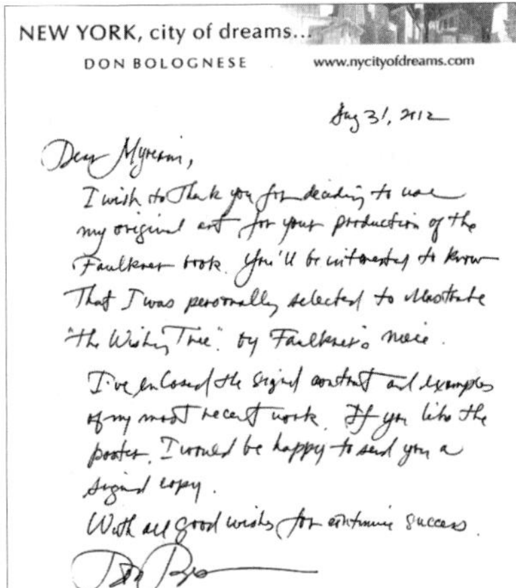

『소원을 비는 나무』 한국어판 출간을 기념하여 삽화가 돈 볼로네즈가 이숲 출판사 편집자에게 보낸 편지(2012년 8월 31일 자)

텍스트에 들어 있는 부분이 빠져 있다. 빠진 내용은 앨리스의 남편 엑소더스와 '키 작은 노인' 에그버트가 주고받는 대화의 일부이다.

"난 두 번 다시는 결혼할 생각이 들지 않는군." 키 작은 노인이 말했다. "내 말은, 설령 그렇게 할 수 있다 해도 말씀이야."

"남편들이라면 하나같이 그렇게 생각하지유." 앨리스의 남편이 맞장구쳤다. "한데 문제는 여편네들을 설득하는 거구만유. 이제 더 결혼할 생각이 없다고 말할 권리가 있는 사람은 이제 죽고 이 세상에 없어유."

그렇다면 포크너는 왜 빅토리아에게 준 텍스트에서 이 대화를 빼놓았을까? 이 책을 선물한 것이 첫사랑 에스텔의 환심을 사기 위한 것이었다는 점을 생각하면 선뜻 수긍할 수 있을 것이다. 이 책은 겉으로는 빅토리아 프랭클린에게 생일 선물로 준 것이지만, 실제로는 아이의 어머니 에스텔에게 준 것이나 다름없다. 이런 사정은 루스 포드의 경우도 마찬가지여서 겉으로는 그녀의 딸 셸리에게 선물한 것으로 되어 있지만, 실제로 포크너가 염두에 두었던 대상은 어디까지나 셸리의 어머니 루스였다.

 이 무렵 두 여성 모두 이혼한 뒤 혼자 살고 있었고, 포크너는 이렇게 간접적인 방식으로 그들에게 자신의 마음을 전하려고 하였다. 에스텔이 『소원을 비는 나무』를 읽으리란 것을 뻔히 알고 있는 포크너로서는 아마 이 대목이 적절하지 않다고 생각했을지 모른다. 그녀에게 구애하는 마당에 작중 인물의 입을 빌린 것이라고는 하지만, 결혼할 생각이 없다고 말하는 것은 마치 한 여성에게 청혼하면서 남자들이 왜 결혼하려고 하는지 모르겠다고 불만을 털어놓는 것과 크게 다르지 않을 것이다.

2. 꿈속의 환상 세계

윌리엄 포크너는 이 책에서 '덜시'라는 소녀가 생일 아침 일찍 잠에서 막 깨어나려는 순간부터 이야기를 시작한다. 작가가 직접 밝히지는 않았지만, 덜시는 빅토리아 프랭클린과 마찬가지로 미국 남부 지방에서 사는 여덟 살 남짓한 백인 소녀로 미루어볼 수 있다. 빅토리아나 포크너처럼 미시시피 북부에 있는 소도시 옥스퍼드 읍에 살고 있을 것이다.

소녀는 아직 잠들어 있었지만, 잠에서 빠져나와 마치 풍선처럼 위쪽으로 솟아오르는 듯한 느낌이 들었다. 잠이라는 둥근 어항에 들어 있는 금붕어 같다고나 할까. 잠이라는 따스한 물속에서 점점 꼭대기를 향해 솟아오르고 있었다. 그러다가 잠에서 깨어날 참이었다.

마침내 소녀는 잠에서 깼지만, 곧바로 눈을 뜨지는 않았다. 그 대신 침대에서 따뜻하게 아주 가만히 누워 있었다. 마치 몸속에 또 다른 작은 풍선이 들어 있고, 그 풍선이 점점 커지면서 계속 위쪽으로 솟아오르는 듯했다. 그러다가 그것이 입까지 올라오면 펑! 하고 터져 천장까지 튀어 오를 참이었다.

첫 단락의 두 번째 문장에서 포크너가 잠을 '둥근 어항'에 빗대는 것이 무엇보다도 눈길을 끈다. 만약 잠을 어떤 형체에 빗댄다면 네모꼴이나 세모꼴보다는 아마 둥근 원에 훨씬 가까울 것이다. 네모꼴이나 세모꼴이 각이 져서 딱딱한 느낌이 드는 반면, 둥근 원은 편안하고 자연스러운 느낌이 들기 때문이다. 금붕어가 따스한 어항 속에서 헤엄치고 있다가 물 위로 올라와 공기를 들이마시면 덜시는 잠에서 깨어날 것이다.

또한 "마치 풍선처럼"이라는 구절에서도 볼 수 있듯이 덜시가 잠에서 깨어나는 것을 풍선이 공중으로 날아가는 모습에 빗대는 것도 흥미롭다. '잠들다'라는 말을 영어에서는 흔히 'fall asleep'이라고 표현하고, 어쩌다 'fall into sleep'이라고 표현하기도 한다. 한국어에서도 '잠에 빠지다'라든가 '잠의 나락으로 떨어지다'라는 표현을 사용할 때가 더러 있다. 이렇게 잠을 자는 행위는 방향성으로 보면 위쪽에서 아래쪽으로 내려가는 것인 반면, 잠에서 깨어나는 행위는 아래쪽에서 위쪽으로 올라가는 것으로 인식된다.

두 번째 단락에서 "마치 몸속에 또 다른 작은 풍선이 들어 있고, 그 풍선이 점점 커지면서 계속 위쪽으로 솟아오르는 듯했다."라는 문장도 좀 더 찬찬히 뜯어보면 그 의미가 새롭게 느껴진다. 덜시의 몸속에 "또 다른 작은 풍선"이 들어 있다는 말은 도대체 무슨 뜻인가? 모르긴 몰라도 아마 그녀의 잠재의식이나 무의식을 가리키는 말로 보아 크게 틀리지 않을 것이다. 잠은 바로 잠재의식이나 무의식이 활동하는 시간이고, 꿈은 이런 의식이 겉으로 표현된 것이다. 화자의 말대로 이 두 번째 풍선이 덜시의 입까지 솟아오르면 펑! 하고 터지면서 천장까지 튀어 오를 것이다. 풍선이 터져 천장에 튀어 오른다는 것은 곧 잠재의식이나 무의식 세계에서 의식 세계로 옮겨온다는 것을 뜻한다.

언뜻 보면 덜시는 잠에서 완전히 깨어나는 것 같다. 실제로 '붉은 머리 소년' 모리스가 나타나 덜시에게 어서 침대에서 일어나라고 재촉하고, 소녀는 곧바로 마술 사다리를 타고 창밖으로 내려가기에 더욱 그런 생각이 든다. 그러나 위에 인용한 첫 두 단락을 좀 더 찬찬히 살펴보면 덜시는 아직도 잠에서 완전히 깨어나지 않았다는 것을 알 수 있다. 화자가 "그러다가 마침내 소녀는 잠에서 깼지만, 곧바로 눈을 뜨지는 않았다. 그 대신 침대에서 따뜻하게 아주 가만히 누워 있있다."라고 말한 대복을 눈여겨보아야 한다. 덜시는 지금 짐과 현실, 짐재의식 세계와 의식 세계 사이를 오락가락하며 비몽사몽의 상태에 놓여 있다. 그렇다면 모리스의 안내를 받으며 떠난 모험은 실제로 일어난 일이 아니라 몽롱한 상태에서 경험한 몽상 속에서 일어난 일이다.

덜시는 이 작품의 맨 마지막 장면에 이르러서야 비로소 잠에서 완전히 깨어난다. 모리스는 강물에 발을 내딛고 다른 일행도 모리스의 뒤를 따른다. 그러자 덜시도 안개 속으로 발을 내딛고는 두 손으로 앞쪽을 더듬는다. 화자는 이 대목에서 "소녀는 잠이라는 둥근 어항 속에 들어 있는 금붕어와 같다고나 할까. 잠이라는 따듯한 물속에서 점점 꼭대기를 향해 솟아올라 가고 있었다. 그러고 나면 이제 잠에서 깨어나게 되겠지."라는 작품의 첫 문장을 다시 한 번 되풀이한다. 그러고 나서 곧바로 "그러다가 마침내 소녀는 잠에서 깼다."라고 말한다. 바로 이때 덜시는 남동생 디키가 "생일이야, 생일!"이라고 외치는 소리를 듣는다.

소녀가 두 눈을 크게 뜨자 디키가 옆 침대에서 껑충껑충 뛰고 있었다. 엄마도 허리를 굽히고 소녀를 내려다보고 있었다. 덜시의 엄마는 몸이 아주 가냘프고 키가 큰 미인이었다. 진지하면서도 슬픈 듯한 두 눈은 바다처럼 자주 변했다. 소녀가 아플 때 엄마는 가냘픈 두 손으로 부드럽게 어루만져주었다.

"자, 이것 좀 보렴." 엄마가 말하면서 파랑새가 들어 있는 고리버들 새장을 내밀었다. 덜시는 기뻐서 그만 비명을 질렀다.

"새를 갖고 싶어, 엄마." 디키가 말했다. "새를 갖고 싶어, 엄마."

"새의 반은 네 거야." 덜시는 이렇게 말하고 나서 디키에게 새 장을 들고 있으라고 했다. 소녀가 다시 두 눈을 감자 엄마는 한 손 으로 덜시의 이마를 짚었다.

이 마지막 장면은 얼핏 맨 앞 장면과 비슷한 것 같지만 좀 더 꼼꼼히 살펴보면 실제로는 적잖이 다르다는 것을 알 수 있다. 첫 장면에서는 침대 옆에 모리스라는 낯선 소년이 서 있지만, 위에 인용한 장면에서는 덜시의 남동생 디키가 침 대 위에서 뛰고 있고 소녀의 어머니가 침대 옆에 서 있다. 그  런데 여기에서 주목해야 할 점은 "소녀가 아플 때 엄마는 가 냘픈 두 손으로 부드럽게 어루만져주었다."라는 문장이다. 무슨 병인지는 몰라도 지금 덜시는 앓아누워 있음이 틀림없 다. "소녀가 다시 두 눈을 감자 엄마는 한 손으로 덜시의 이 마를 짚었다."라는 맨 마지막 문장을 보면 더욱 그러한 생각 이 든다. 덜시가 비몽사몽 간을 헤매는 것도 아마 병을 앓고 있기 때문일 것이다. 빅토리아가 여덟 번째 생일을 맞이할 무 렵 실제로 병을 앓고 누워 있었을 가능성을 배제할 수 없다.

작가가 현실에서라면 좀처럼 일어날 수 없는 판타지의

세계를 펼치는 데에는 꿈의 형식을 빌리는 것만큼 편리한 방법도 없다. 그래서 서양이나 동양이나 세계 문학사를 보면 꿈을 통해 환상 세계를 묘사하는 작품이 아주 많다. 특히 어린이들에게 상상력을 키워주는 동화에서는 더욱 그러하다. 이 점에서는 『소원을 비는 나무』도 예외가 아니어서 포크너는 덜시가 잠에서 깨어나기 바로 직전 꿈과 현실 사이에서 겪는 일련의 모험을 중요한 플롯으로 다룬다.

이 작품의 판타지 중에서 무엇보다 눈에 띄는 것은 온갖 장난감이 들어 있는 모리스의 가방이다. 소년이 조그마한  장난감 조랑말에 바람을 불어 넣자 그것은 진짜 조랑말이 되고, 장난감 마차도 바람을 불어 넣으면 진짜 마차가 된다. 그야말로 마술의 세계가 아니고서는 도저히 일어날 수 없는 일들이 일어난다. 또한, 무엇이든지 소원을 말하기만 하면 그대로 이루어진다. 가령 먹고 싶은 음식을 말하면 곧바로 그 음식이 눈앞에 나타나고, 새나 짐승을 잡을 사냥총이 필요하다고 말하면 곧바로 손에 총이 들려 있다.

『소원을 비는 나무』에서 작중인물이 소원하는 대로 사람이나 사물이 변하는 것도 오직 환상 세계에서만 일어날 수 있는 일이다. 한번은 디키가 나쁜 소원을 말하는 바람에 덜시 일행이 모두 몸집이 작아진 적이 있다. 그때 앨리스의 남편은 모자 속에 덜시, 디키, 앨리스, 모리스, 에그버트 노인을 집어넣는다. 그래서 모자 안에 앉아 있는 그들에게는 엑소더스의 머리통과 하늘과 나무 꼭대기 말고는 아무것도 보이지 않는다. 또 에그버트 노인이 나무를 깎아 만든 '질리퍼스'라는 강아지도 막대기로 때리면 때릴수록 점점 커진다.

이렇게 소원하는 대로 일이 일어나거나 사람이나 사물의 크기가 변한다는 점에서 이 동화는 19세기 영국의 동화 작가 루이스 캐럴의 『이상한 나라의 앨리스』(1865)와 아주 비슷하다. 비현실적인 지하 세계에서 앨리스는 흰 토끼를 쫓는 동안 거인처럼 몸이 커지는가 하면 난쟁이처럼 절반으로 줄어들기도 한다. 지하 세계에서 모험하는 도중 앨리스는 그때그때의 형편에 맞게 몸이 커지기도 하고 작아지기도 한다. 이 밖에도 이 이상한 나라에서는 예쁘게 피어 있는 하얀 장미를 페인트로 빨갛게 칠하고 있는 트럼프 정원사, 재판을 여는 트럼프 카드들, 영원히 계속되는 이상한 다과회, 걸핏 하면 "저자의 목을 쳐라!"라고 명령을 내리는 하트 여왕 등 그야말로 '이상한' 일이 많이 일어난다. 하나같이 지상의 현실 세계에서는 상상할 수 없는 일들이다. 이상한 누리 속에서 앨리스는 여기저기 끌려다니다가 마침내 꿈에서 깨어나면서 현실 세계로 돌아온다.

3. 작품의 배경과 작중인물

꿈의 형식을 빌리는 동화가 흔히 그렇듯이 윌리엄 포크너의 『소원을 비는 나무』에서도 현실 세계에서 일어나는 것과는 사뭇 다른 사건들이 일어난다. 가령 작중인물만 해도 이 동화는 자못 비현실적이다. 사회적 지위나 지리적 거리로 볼 때 현실에서는 함께 있을 가능성이 거의 없는 어린아이와 매우 연로한 노인이 함께 등장하는가 하면, 몇백 년의 시간을 훌쩍 뛰어넘어 13세기에 살았던 인물이 등장하기도  한다. 이 작품에서 가장 나이 어린 작중인물은 네다섯 살쯤 되는 디키이다. 덜시의 남동생인 디키는 남이 하는 말을 그대로 따라 할 정도로 어린 티를 벗지 못하고 있다. 덜시네 집 건너편에 사는 조지와 덜시의 꿈속에 나타난 소년 모리스는 덜시와 비슷한 나이이거나 동갑이다. 그들에게 '소원을 비는 나무'가 있는 곳으로 길을 안내하는 에그버트 노인은 나이가 무려 아흔두 살로 남북전쟁에 참전한 경험이 있다. 그리고 앨리스와 그 남편은 아마 중년 정도의 나이일 것이다.

13세기 인물이란 다름 아닌 이탈리아의 아시시 지방에서 살았던 성(聖) 프란체스코를 말한다. 이 작품의 마지막 장면에서 덜시 일행이 모리스의 안내로 계곡에 들어서자 이상하게도 계곡 안은 향기로운 냄새로 가득 차 있다. 그들이 계속 앞으로 걸어가자 서로 다른 색깔의 잎사귀 수천 개로 덮인 이상한 나무 한 그루를 발견한다. 덜시는 그 나무가 바로 '소원을 비는 나무'라고 생각하고 소리를 지른다. 그러나 막상 가까이 다가가 보니 그것은 나무가 아니라 "나는 가난한 마음과 결혼했노라."라고 말하면서 청빈을 몸소 실천한 프란체스코 성인이었다. 나이로 따지자면 그는 무려 칠백하고도 오십 살이 넘는다. 이렇게 20세기 전반부에 살면서 중세기의 인물을 만난다는 것은 꿈같은 환상 세계가 아니고서는 도저히 있을 수 없는 일이다.

『소원을 비는 나무』에서는 이렇게 작중인물의 나이 폭이 무척 넓을 뿐만 아니라 사회적 계급의 스펙트럼도 아주 넓다. 자칫 놓치기 쉬운 사실이지만, 이 동화는 미국 남부 작가가 남부 지방을 배경으로 쓴 작품이다. "창문이 위로 올라가자마자 비와 검은 겨울나무 대신 등나무 냄새가 풍기는 부드러운 잿빛 안개가 보이고……"라든지, "따뜻한 산들바람이 등나무 냄새를 풍기며 안개를 헤치고 불어왔다."라든지, "물에서는 등나무 냄새가 풍겼다."라든지 포크너는 이 동화에서 등나무 냄새를 무려 네 차례에 걸쳐 언급한다. 그런데 등나무의 보랏빛 꽃과 이 꽃이 풍기는 냄새는 미국 남부 지방에서만 볼 수 있거나 맡을 수 있는 것으로, 특히 미시시피 북부 지방을 상징하는 기호와 같은 것들이다. 노스캐롤라이나 주를 상징하는 나무로 선정된 층층나무도 미시시피 주에서 쉽게 볼 수 있다. 산속에 하얗게 피어 있는 층층나무 꽃을 두고 포크너는 한 작품에서 마치 수녀가 기도를 드리는 모습과 같다고 묘사한 적이 있다.

더구나 포크너 작품의 배경이 미국 남부 지방이라는 것은 남부 특유의 풍습이나 미신을 묘사한 데에서도 엿볼 수 있다. 가령 모리스는 가방에서 조그마한 장난감 사다리를 꺼내 실제 크기의 사다리를 만드는 등 마술과 같은 기적을 행한다. 모리스의 행동을 보고 덜시가 어리둥절한 표정을 짓자 소년은 "네 생일 전날 밤에 (……) 침대에 들어갈 때 왼쪽 발을 먼저 들여놓고 잠들기 전에 베개를 뒤집어놓으면 어떤 일이라도 일어날 수 있어."라고 설명한다. 실제로 미시시피 지방에서는 예로부터 생일 전날 밤이면 아이들이 이렇게 하면서 소원을 비는 풍습이 전해 내려온다.

또한, 이 동화의 시간적 배경도 지금으로부터 거의 백 년 전의 과거로 거슬러 올라간다. 좀 더 구체적으로 말하자면 포크너는 이 동화를 쓴 1920년대 중엽을 시간적 배경으로 삼고 있다. 앨리스의 남편 엑소더스는 이렇다 할 말도 없이 집을 떠나 군대에 입대했다가 얼마 전에 제대한 것으로 언급된다. 맥락으로 보아 그가 제1차 세계대전에 참전하여 유럽에서 싸웠다는 것을 알 수 있다. 두말할 나위 없이 이러한 시간적 배경은 공간적 배경과 함께 이 동화를 이해하는 데 중요한 단서가 된다.

미국 남부는 북부나 서부와 비교할 때 보수적인 성향이 훨씬 강하여 대농장 시절의 전통과 인습을 비교적 그대로 간직하고 있다. 이 동화에는 크게 세 가지 사회 계급에 속한 인물이 등장한다. 덜시와 디키 그리고 이웃집에 사는 조지는 지금은 빛이 바랬을지 모르지만, 화려한 과거를 자랑하는 귀족 가문의 자손이다. 비록 나이는 어려도 얌전하게 행동하려고 애쓰고, 언어도 될 수 있으면 표준 영어를 구사하려고 노력한다. 꿈속에 나타나는 낯선 소년 모리스도 적어도 언어 구사나 행동거지로 보면 덜시, 디키, 조지와 크게 다르지 않다.

키 작은 노인 에그버트와 그의 아내 매기는 흔히 경멸적으로 '백인 쓰레기'라고 부르는 가난한 백인 계급에 속한다. 아이들이 길가 오두막집에서 이 노인을 처음 만났을 때 모리스가 그에게 "저희와 함께 가시면서 길을 안내해주시 않으시겠어요?"라고 제안한다. 그러자 앨리스는 "저렇게 아무

짝에도 쓸모없는 쓰레기 같은 영감탱이랑 함께 가기 싫다고 그랬지유. 보아하니 떠돌이 부랑자가 틀림없어유. 아가씨 엄마가 안다면 좋아하지 않으실 거구면유.”라고 말한다. 노인의 아내가 그에게 다리미와 밀대와 자명종 시계를 내던지는 모습을 보고 나서 앨리스는 또다시 “자, 보세유. 내가 뭐라고 했어유? 쓸모없는 쓰레기 같은 백인이라고 했잖아유!”라고 투덜댄다. 여기에서 ‘쓸모없는 쓰레기’니 ‘쓸모없는 쓰레기 같은 백인’이니 하는 것은 바로 가난한 백인을 낮추어 부르는 표현이다.

 앨리스가 덜시에게 하는 말 중에서 “아가씨 엄마가 안다면 좋아하지 않으실 거구면유.”라는 문장에도 주목할 필요가 있다. 피부 색깔이 같은 백인이라도 에그버트와 매기는 사회적 신분에서 덜시와 디키와는 큰 차이가 난다. 옛날에 덜시 집안이 대농장의 주인이거나 지주였다면 에그버트는 덜시 집안의 소작인으로 일하던 신분이었을 것이다. 이처럼 귀족 가문의 백인들은 가난한 백인들과는 좀처럼 어울리지 않으려고 한다. 앨리스의 말은 바로 이 점을 지적하는 것이다. 덜시 집안과 에그버트 집안 사이에는 비록 눈에 보이지 않지만, 옛날과 마찬가지로 여전히 사회적 장벽이 가로놓여 있다.

한편, 앨리스와 엑소더스는 사회적 계급의 사다리에서 가장 밑바닥을 차지하고 있다. 포크너는 '흑인'이니 '검둥이'이니 하는 말을 단 한 마디도 언급하지 않지만, 두 사람이 사용하는 말투나 행동거지를 보면 흑인이라는 사실을 금방 알아차릴 수 있다. 남북전쟁이 북부의 승리로 끝나면서 법적으로 노예 제도가 철폐되었지만, 남부 사회에서 흑인은 여전히 백인 집안에서 유모나 가정부로서 얹혀살고 있다. 앨리스는 덜시의 유모로 잠자리에서 일어나 다시 잠들 때까지 소녀를 돌보고 보살핀다. 또한, 덜시의 어머니를 마치 상전 모시듯 하고 거의 본능에 가깝게 아이들을 위험으로부터 보호하려고 한다. 그만큼 백인 자녀를 위하는 것이 내면화되어 있다는 증거이다.

앨리스와 엑소더스 같은 흑인들이 구사하는 영어는 백인들이 사용하는 표준 영어와 사뭇 다르다. 예를 들어 앨리스의 "I says, we don't want no old trash like him with us. (……) I bet your mommer wouldn't like it if she knowed."라는 문장만 보아도 잘 알 수 있다. 한 번만 부정해도 될 것을, 안심되지 않는지 이중으로, 그것으로도 모자라 어떤 때에는 삼중으로 부정하기도 한다. 삼인칭 단수 동사에 붙이는 's' 어미도 막상 붙여야 할 곳에는 붙이지 않고 붙여서는 안 되는 곳에 붙이기 일쑤이다. 'knowed'에서 볼 수 있듯이 동사의 과거 시제도 불규칙 동사건 규칙 동사건 아랑곳하지 않는다. 또한 '엄마'를 뜻하는 'mommer'라는 낱말도 백인들은 좀처럼 사용하지 않는다. 만약 외국인이 이런 문장을 사용하면 낙제 점수를 받지만 흑인이 사용하면 표준 어법에서 벗어난 그들 특유의 사투리로 간주하는 쪽이 더 정확할 것이다.

이왕 사투리 이야기가 나왔으니 말이지만, 에그버트와 매기 같은 가난한 백인들이 사용하는 말도 귀족 가문이나 그 자손이 사용하는 말과는 조금 다르다. 포크너는 다른 작품에서와 마찬가지로 이 동화에서도 작중인물들이 어떤 언어를 구사하느냐에 따라 그들의 사회적 계급이나 신분을 엄격히 구분 지으려고 한다. 『소원을 비는 나무』를 한국어로 번역하면서 앨리스와 엑소더스의 대화를 충청도 사투리 비슷하게 옮긴 까닭이 바로 여기에 있다. 만약 백인들이 사용하는 표준 영어로 번역한다면 언어 사용에 따른 사회적 계층의 분화를 조금이라도 살려낼 수 없을 것이다. 이 책에서 그들의 말투를 우리말로 옮기면서 충청도 사투리를 사용한 이유는 충청도 사투리의 어조에 미국 남부의 흑인 억양처럼 느리고 리드미컬한 면이 있기 때문일 뿐, 다른 이유는 전혀 없다.

　여기서 잠깐 모리스라는 작중인물에 대해 짚고 넘어가는 것이 좋을 듯하다. 작품 첫머리에서 그에 대하여 화자는 "깡마르고 못생긴 얼굴에 머리칼은 너무 붉어 방 안이 환했다. 그 소년은 검은색 벨벳 양복에 붉은색 스타킹과 구두를 신고 어깨에는 아무것도 들어 있지 않은 큼직한 책가방을 메고 있었다."라고 묘사한다. 그러고 나서 조금 뒤에 화자는 "그의 두 눈에는 불똥 같은 이상야릇한 황금색 점들이 박혀 있었다."라고 덧붙인다. 머리칼이 붉고 두 눈에 황금빛 점이 박혀 있는 데다 검은색 벨벳 양복에 붉은색 스타킹과 구두를 신고 있는 사람은 일상적인 현실 세계에서 좀처럼 볼 수 없다. 이런 신체적 특징이나 옷차림은 어디까지나 초월적이고 신비스러운 인물임을 보여 주기 위한 장치이다.

　그런데 문제는 포크너가 왜 모리스를 "깡마르고 못생긴 얼굴"을 한 소년으로 설정했느냐는 데 있다. 왜 그는 모리스를 동화에 흔히 등장하는 미소년으로 그리지 않았을까? 하필이면 왜 미소년과는 거리가 멀어도 한참 먼 악동 같은 인물로 만들었을까? 이 물음에 대한 답은 아무래도 덜시 일행이 모험을 떠난다는 사실에서 찾아야 할 것 같다. 모험을 안내하는 사람은 흔히 못생기고 험악한 표정의 사내로 나온

다. 모리스는 동화에 자주 등장하듯이 곤경에 놓여 있는 공
주를 구하기 위해 백마를 타고 나타나는 왕자가 아니다. 덜
시 일행의 모험 여행에서 안내자 역할을 맡고 있을 뿐이다.
못생긴 얼굴은 검은색 벨벳 양복과 붉은색 스타킹과 구두에
잘 어울리는 모습이다.

　더구나 모리스의 "깡마르고 못생긴" 얼굴은 귀엽고 예쁜
덜시와는 사뭇 대조되어 덜시의 모습을 훨씬 돋보이게 하
는 효과를 자아낸다. '모리스'라는 이름의 뿌리를 거슬러 올
라가 보면 '피부가 검은 사람'이라는 뜻의 라틴어 '마우리시

우스'를 만나게 된다. 이 '마우리시우스'라는 말을 더듬어 더
멀리 올라가면 무어인을 뜻하는 '마우루스'를 만나게 된다.
이렇듯 모리스는 이름부터 그다지 미소년의 모습이 아니다.
또한 '모리스(마우리키우스)'는 동로마제국 황제의 이름이었
다. 그는 7세기 초엽 반란으로 포카스 황제에 의해 제위에서
쫓겨날 때까지 동로마제국을 더욱 튼튼히 다진 인물이었다.
한편, 덜시는 '아름다운 여자'나 '상냥한 여자'를 뜻하는 라
틴어 '둘시스'에서 온 말이다. 음악에서 자주 사용하는 '감미
롭게'나 '달콤하게'를 뜻하는 이탈리아 용어 '돌체'도 이 라
틴어와 어원이 같다.

4. 작품의 주제

　『소원을 비는 나무』는 나이 어린 소녀가 어른들의 세계를 조금씩 깨달아가는 과정을 다룬 '성장 동화'요 '입문 동화'이다. 덜시는 꿈의 세계에서 현실 세계로, 환상 세계에서 실제 세계로 점차 옮아오면서 정신적으로 조금씩 성장해간다. '영혼의 개안(開眼)'이라는 용어가 조금 거창하다면 성인의 현실 세계로 다가가는 '정신적 깨달음'이라고 불러도 좋을 것이다. 이 작품의 환몽 구조는 곧 이러한 주제와 유기적으로 잘 맞아떨어진다.

　입문 과정을 다루는 작품이 으레 그렇듯이 이 동화에서도 길에서 벌어지거나 목격하는 사건이 중요하게 취급된다. 꿈속에서 잠에서 깨어난 덜시는 모리스의 안내를 받아 사다리를 타고 땅으로 내려온 뒤 일행과 함께 모험을 떠난다. 그런데 이 여행길이 그렇게 평탄하지만은 않다. 덜시와 모리스를 포함한 다섯 명은 덜시의 집에서 출발하여 마을을 벗어나자마자 그들의 눈앞에 환상적인 세계가 펼쳐진다.

　그들이 길거리 끄트머리에 이르러 마지막 집을 지나치자 갑자기 안개에서 벗어났다. 그들 뒤쪽으로 큼직한 잿빛 천막 같은 안개가 보였다. 하지만 눈을 돌리는 곳마다 나무들은 한여름처럼 초록빛을 띠고 있었고, 풀밭도 초록빛이었으며, 푸르고 노란 작은 꽃들이 여기저기 피어 있었다. 새들은 노래하면서 이 나무에서 저 나무로 날아다녔다. 해는 밝게 빛났으며 조랑말 세 마리는 길을 따라 날아가듯이 달렸다.

이렇게 녹음방초가 우거진 풍경은 그야말로 에덴동산과 같은 모습이다. 아련한 안개가 덜시가 놓여 있는 비몽사몽의 상태를 상징한다면, 온통 초록색으로 뒤덮인 초원은 꿈의 세계를 상징한다고 볼 수 있다. 덜시는 이제 잠재의식에서 무의식의 세계로 완전히 들어선 것이다.

곧이어 덜시 일행은 길가 잿빛 오두막집에서 에그버트 노인을 만나고 그의 안내를 받으며 다시 모험 길을 떠난다. 이렇게 여섯 명의 일행은 잿빛 성(城)에 이르고 그곳을 지나 다시 길을 걸어가자 온통 흰 잎으로 뒤덮인 '멜로맥스'라는 이상한 나무를 만난다. 이곳에서 다시 성으로 되돌아와 집을 떠난 앨리스의 남편 엑소더스를 만나고, 이제 일곱 명으로 늘어난 일행은 다시 숲 속을 지나간다. 그리고 마침내 게곡에서 성 프란체스코를 만난 뒤 강을 건너 현실 세계로 돌아온다. 덜시 일행이 여행한 길을 도표로 그려보면 '침대 →

마을 → 초원 → 오두막집(에그버트) → 성 → 흰 나무 → 성(엑소더스) → 숲 → 계곡(성 프란체스코) → 강 → 침대'가 될 것이다. 그런데 덜시에게 이러한 여정은 단순히 지리적 이동에 그치지 않고, 더 나아가 정신적 여정이요 영혼의 모험과 다름없다. 그녀는 이러한 여행에서 삶에 대한 소중한 교훈을 배우기 때문이다.

그렇다면 덜시가 이 심리적 여정이나 정신적 모험을 통해 배우고 깨달은 것은 과연 무엇일까? 첫째, 덜시는 삶이란 궁극적으로 시간 속에서 변화를 겪는 과정이라는 사실을 깨닫는다. 고대 그리스 시대의 철학자 헤라클레이토스는 일찍이 인간이 똑같은 강물에 두 번 다시 발을 담글 수 없다고 말하였다. 실존주의 철학자 장 폴 사르트르도 포크너의 『고함과 분노』(1929)와 관련하여 인간의 비극은 시간의 쇠사슬에 얽매여 있다는 데 있다고 말한 적이 있다. 모두 삶의 유위변전(有爲變轉)과 그에 따른 비극을 지적한 말이다.

포크너의 작품 중에서 가장 실험적인 『고함과 분노』(1929)의 초판 표지. 작가는 이 작품을 "가장 위대한 실패작"으로 불렀다. 미국 소설사에 모더니즘 기법을 본격적으로 도입했다고 평가받는다.

덜시가 모험 길에서 맨 먼저 만나는 인물은 에그버트 노인이다. 이 노인을 두고 화자는 "잿빛 수염을 길게 기른 키 작은 노인 하나가 문가에 앉아 나무토막을 깎고 있었다."라고 말한다. 그런데 노인이 칼로 나무토막을 깎고 있다는 것이 예사롭지 않다. 또한, 그의 아내는 남편에게 다리미와 밀대와 함께 자명종 시계를 내던진다. 서양에서 시간을 의인화하는 노인은 수염을 길게 기르고 한 손에 낫을 들고 다른 손에 모래시계를 들고 있다. 이렇듯 낫과 모래시계는 시간을 보여주는 더없이 좋은 상징이다. 그렇다면 에그버트 노인의 칼과 자명종 시계도 시간을 상징하는 것으로 보아 크게 틀리지 않을 것이다.

또한, 이 동화의 화자가 에그버트 노인과 관련하여 잿빛을 유난히 강조하고 있다는 점도 눈여겨볼 필요가 있다. 노인의 수염도 잿빛이고 그가 살고 있는 조그마한 오두막집도 잿빛이다. 여기에서 잿빛은 바로 세월과 늙음을 상징하는 색깔이다. 앞에서 이미 밝혔듯이 에그버트 노인은 나이가 아흔두 살이나 되었고, 그의 아내도 나이가 그쯤 되었을 것이다. 한편, 오두막집 문 위에 피어 있는 장미꽃은 지금은 사라져버렸지만, 한때는 눈부시게 찬란했던 젊음을 상징한다.

에그버트 노인이 시간과 늙음을 상징한다면 성 프란체스

코는 노쇠에 따른 죽음을 상징한다. 에그버트 노인처럼 "은처럼 반짝이는 긴 수염이 달린" 프란체스코 성인은 흔히 죽음과 관련이 있다. 신의 피조물을 형제와 자매로 부르며 자연과의 조화를 그린 그의 시 「태양의 찬가」에서 프란체스코 성인은 "내 주여! 목숨 있는 어느 사람도 벗어나지 못하는 육체의 우리 죽음, 그 누나의 찬미를 받으소서."라고 노래한다. 그에게는 사람들이 끔찍이 싫어하는 죽음마저도 사랑스러운 누이일 뿐이다. 또 그가 마흔네다섯 살쯤 되었을 때 이제 앞으로 살 날이 얼마 남지 않았다는 말을 듣자 프란체스코 성인은 앞쪽으로 두 손을 벌리며 "내 누이인 죽음이여, 어서 내게로 오라!"라고 부르짖었다는 이야기가 전해진다. 

덜시가 여정이나 모험에서 깨닫는 두 번째 삶의 교훈은 인간이 추구하는 이상이란 그리 먼 곳에 있지 않고 가까운 데 있다는 사실이다. 그녀가 일행과 함께 찾아가는 '소원을 비는 나무'는 뜻밖에도 다른 곳에 있었다. 에그버트 노인이 '멜로맥스 나무'라고 했던 바로 그 첫 번째 나무가 그들이 찾던 나무였다. 그러니까 그들은 그 나무를 지나친 채 엉뚱히 곳에서 그것을 찾아 헤매고 있었던 셈이다.

"우린 지금 '소원을 비는 나무'를 찾고 있어요." 덜시가 말했다.

프란체스코 성인은 그들을 바라보았고, 두 눈이 반짝반짝 빛났다.

"그래서 너희는 그걸 찾았느냐?"

"알 수가 있어야죠." 덜시가 대답했다. "어쩌면 이 나무가 아닌가 했어요."

프란체스코 성인은 잠시 생각에 잠겼고, 새들은 오색구름처럼 그의 주위에 내려앉았다. 성인이 입을 열자 새들은 다시 공중으로 날아가 그의 머리 주위를 맴돌았다.

"너희는 저쪽 숲 속에 있는 나무에서 잎사귀를 따지 않았더냐?" 프란체스코 성인이 물었다.

"네, 프란체스코 신부님." 덜시가 대답했다.

"아, 그 나무가 바로 소원을 비는 나무였단다."

이 장면에서 프란체스코 성인은 덜시에게 '소원을 비는 나무'를 잘못 찾았다고 말할 뿐 아니라 더 나아가 그런 나무를 찾으려고 하는 것조차 부질없는 일이라고 말하는 것 같다. 화자가 "프란체스코 성인은 그들을 바라보았고, 그의 두 눈을 반짝반짝 빛이 났다."라고 말하면서 그에게 "그래서 너희는 그걸 찾았느냐?"라고 묻게 하는 것을 보면 더욱 그런 생각이 든다. 또한 "프란체스코 성인은 잠시 생각에 잠겼고, 새들은 오색구름처럼 그의 주위에 내려앉았다."라는 문장도 예사롭지 않다. 프란체스코 성인은 숲에 서 있는 나무들이 하나같이 '소원을 비는 나무'가 될 수 있다고 생각한다. 작품의 맨 마지막 장면에서 화자는 "프란체스코 성인은 힘없는 것들을 친절하게 대해주면 '소원을 비는 나무'가 없어도 바라는 일들이 이루어질 수 있다고 했다."라고 말한다. 다시 말해 '소원을 비는 나무'는 굳이 깊은 산속에 들어가 찾을 필요가 없다는 것이다. 마을에서도, 집 근처에서도, 심지어 안마당에서도 쉽게 찾을 수 있기 때문이다.

포크너는 이 동화를 쓰기 일 년 전에 출간한 『병사의 봉급』에서 한 작중인물의 입을 빌려 "하느님은 상황이다. 하느님은 현세에 살아 계신다."라고 말한다. 그러면서 "'하느님의 왕국은 인간 자신의 마음속에 있다'고 성서도 가르치고 있지 않은가. (……) 우리는 이 현세에서 우리 자신의 천국과 지옥을 만들어낸다."라고 말한다. 이렇듯 포크너는 전통적인 종교인과는 달리 내세와 현세, 피안과 차안을 애써 구분 지으려고 하지 않는다. 『소원을 비는 나무』에서도 그는 인간의 장밋빛 꿈을 먼 이상 세계가 아니라 가까운 현실에서 찾아야 한다고 말한다. 꿈과 이상이란 마치 무지개와 같이서 멀리서 바라보면 아름답게 보이지만 그 실체는 한낱

물방울에 지나지 않는 것과 같다. 푸른 파도가 넘실대는 바 닷물도 겉으로는 푸르게 보이지만 막상 바닷물을 떠보면 그 색깔은 무색으로 드러난다.

이 점에서 포크너의 『소원을 비는 나무』는 벨기에의 극작 가 모리스 메테를링크의 『파랑새』(1908)와 아주 비슷하다. 전 세계적으로 관심을 끈 이 희곡 작품에는 파랑새를 찾아 나서는 틸틸(치르치르)과 미틸(미치르) 남매가 등장한다. 어느 날 밤 남매는 요술쟁이 할머니가 나타나 병든 딸을 위해 파 랑새를 찾아달라고 부탁하는 꿈을 꾼다. 두 아이는 요정들 과 함께 추억의 나라, 밤의 궁전, 숲, 묘지, 미래의 나라 등에 서 온갖 어려움을 겪으며 파랑새를 찾아 헤맨다. 그런데 그 들이 그토록 애타게 찾아다니던 파랑새는 결국 집 안의 새 장 속에 들어 있다는 사실을 깨닫는다. 현실에 만족하지 못 하고 이상만 추구하는 병적 심리를 신경정신학에서는 '파 랑새 증후군'이라고 부른다. 메테를링크와 포크너는 각자의 작품에서 이런 '파랑새 증후군'을 경계한다고 볼 수 있다.

5. '녹색 동화'로서의 『소원을 비는 나무』

　윌리엄 포크너의 『소원을 비는 나무』는 에스텔의 딸 빅토리아 프랭클린에게 선물한 지 무려 85년이 지난 지금, 21세기 독자들에게 또 다른 의미로 다가온다. 불과 10여 년 전 인류는 새 천 년을 맞이했다고 장밋빛 희망에 잔뜩 들떠 있었지만, 어느 때보다도 심각한 환경 위기와 생태계 위기에 직면해 있다. 과학과 기술 때문에 인류는 전 지구적 재앙을 초래할 엄청난 위기에 놓여 있는 것이다. 인류의 삶을 편안하게 해야 할 과학과 기술의 발전이 오히려 인류를 위기로 몰아넣고 있다는 사실은 참으로 아이러니가 아닐 수 없다. 

　포크너가 이 동화를 쓸 무렵만 해도 지구는 자연이나 환경이 지금처럼 그렇게 오염되거나 훼손되지는 않았다. 특히 미시시피 주처럼 주로 농경에 의존해온 미국의 남부 지방에서는 더욱 그러하였다. 앞에서 이미 인용했듯이 "눈을 돌리는 곳마다 나무들은 한여름처럼 초록빛을 띠고 있었고, 풀밭도 초록빛이었으며, 푸르고 노란 작은 꽃들이 여기저기 피어 있었다. 새들은 노래하면서 이 나무에서 저 나무로 날아다녔다."라는 구절은 비단 꿈속에서나 볼 수 있는 이상향은 아니다. 1920년대 중엽 미국의 남부 지방에서는 이런 풍경을 얼마든지 볼 수 있었다.

그런데도 포크너는 『소원을 비는 나무』에서 자연과 환경이 얼마나 소중한지 새삼 일깨워준다. 그는 『모세여 내려가라』(1942) 같은 작품에서도 생태주의에 깊은 관심을 기울인 적이 있다. 이 책에 수록된 「곰」이라는 작품에서 포크너는 문명과 원시를 서로 대조하면서 문명의 이름으로 무참하게 파괴되는 자연의 모습을 묘사한다. 그런데 생태주의에 대한 그의 관심은 일찍이 1920년대 중엽에 쓴 이 동화로 거슬러 올라간다. 자칫 지나쳐버릴 수도 있지만, 좀 더 꼼꼼히 읽어 보면 포크너는 이 동화에서 나름대로 생태주의를 전파하고 있음을 알 수 있다. 그렇다면 이 책은 '녹색 동화'로 읽어도 크게 무리가 없을 것이다.

요즈음 생태학자들이나 정책 입안자들은 말할 것도 없고 문학계에서도 환경 문제에 점차 깊은 관심을 기울이고 있다. 다시 말해 과학적 담론이나 규제적 담론 못지않게 문학적 담론도 주목받는다. 지금 인류가 직면한 위기는 어느 특정 분야의 힘만으로는 해결할 수 없기 때문이다. '지구'라는 타이타닉호가 지금 '환경 위기'라는 기대한 빙산에 부딪혀 깊은 바닷속으로 침몰하고 있는데 작가들이 아무리 독자들의 심금을 울리는 문학 작품을 쓴들 이렇다 할 의미가 없을 것이다. 지구가 멸망하고 난 뒤에는 인간의 모든 지적 활동이 한낱 헛수고에 지나지 않기 때문이다. 그래서 최근 부쩍 몇몇 시인과 작가를 중심으로 '녹색 문학'이 주목을 받고 있다. 그런데 여러 문학 장르 중에서도 자연과 환경의 소중함을 일깨우는 데에는 어린이들을 위한 동화보다 더 효과적인 장르는 없다. 앞으로 이 지구를 지킬 청지기는 다름 아닌 지금 자라고 있는 어린이들이고, 또 어린이들은 성인들처럼 이해관계나 타산에 물들어 있지 않아 생태주의를 쉽게 받아들여 실천할 수 있기 때문이다.

이 동화에서 포크너가 유난히 푸른색을 자주 언급하고 있다는 점을 찬찬히 눈여겨보아야 한다. 이 동화에서 잿빛과 대조적으로 사용되는 녹색이나 푸른색은 다름 아닌 생태주의를 상징하는 색깔이기 때문이다. 삽화를 포함하여 80쪽 남짓한 책에서 그는 '녹색'이나 '푸른색'이라는 낱말을 무려 열여섯 번이나 사용한다. 첫 번째 '멜로맥스'라는 나무에서 덜시 일행이 나뭇잎을 하나씩 따자 나무에 매달려 있을 때에는 흰색이었던 것이 손에 닿자마자 저마다의 소원에 따라 서로 다른 색깔로 변한다. 덜시가 따낸 잎사귀가 푸른색을 띠자 모리스는 "덜시의 소원은 푸른색이지."라고 말한다. 소원에도 저마다 색깔이 있다는 사실이 흥미롭다. 동요 시인

어효선(魚孝善)도 "우리들 마음에 빛이 있다면 / 여름엔 여름엔 파랄 거예요 / 산도 들도 나무도 푸른 잎으로 / 파랗게 파랗게 덮인 속에서 / 파란 하늘 보고 자라니까요."라고 노래한 적이 있다. 여기에서 '우리들'이란 어린이들을 가리키고, '빛'이란 색깔을 뜻한다. 어린이들의 마음 색깔은 바로 하늘처럼 푸른색이라는 것이다. 포크너도 어효선도 어린이를 생태주의의 상징으로 시사하는 대목이다.

또 그 뒤 작은 벌레만큼 작아져 엑소더스의 모자 속에 앉아 있는 덜시는 불편한 나머지 자신도 모르게 "포근하고 폭신한 내 침대에 누워 있다면 얼마나 좋을까."라고 내뱉고 만다. 그러자 덜시는 곧바로 자기 집 침대에 누워 있는 자신을 발견한다. 다시 일행을 찾아 길을 나선 덜시는 우연히 오두막집에서 에그버트 노인을 만나고 그로부터 푸른색 나뭇잎 하나를 받는다. 그런데 덜시가 두 눈을 지그시 감고 푸른색 나뭇잎을 손에 꼭 쥐면서 "자, 그럼, 전 디키랑 앨리스 아줌마랑 모리스랑 엑소더스 아저씨가 있는 곳에 가고 싶어요."라고 말하자 놀랍게도 소원이 그대로 이루어진다.

이 일화에서도 볼 수 있듯이 푸른색은 생태주의를 상징하는 색깔일뿐더러 마법의 색깔이기도 하다. 포크너가 이 동화에 '소원을 비는 나무'라는 제목을 붙이고 현실 세계에서는 볼 수 없는 마법을 중요한 모티프로 삼고 있는 것은 오늘날 환경 위기나 생태계 위기가 그만큼 심각한 단계에 이르렀다는 것을 보여주기 위해서이다. 인간과 다른 피조물의 삶의 터전인 자연과 환경은 이제 마법이 아니고서는 다시 원점으로 되돌려놓을 수 없는 지경에 이르렀다.

『소원을 비는 나무』에서 생태주의는 동물을 학대하는 디키의 행동을 비판하는 대목에서도 엿볼 수 있다. 디키가 에그버트 노인이 나무를 깎아 만든 '질리퍼스'라는 강아지를 막대기로 때려 어미 개만큼 크게 만든 뒤 이번에는 개를 두 동강을 내겠다고 협박한다. 그러자 그의 소원대로 질리퍼스가 두 동강이 나고 만다. 바로 그 순간 디키는 "납으로 만든 병정만 한 크기로" 몸이 작아진다. 이렇게 작아진 디키의 모습을 보고 모리스는 "그 애는 나쁜 소원을 빌어서 그렇게 된 거야. 뭔가에 해를 끼치는 소원을 말했거든."이라고 설명한다. 남에게 해를 끼치는 말이나 행동을 하면 벌을 받는다는 사실을 웅변적으로 말해주는 대목이다.

디키의 이러한 행동은 요즈음 사회적 이슈로 떠오르는 동물 학대에 해당한다. 동물을 구타하는 것으로도 모자라 두 동강이를 내어 죽이겠다고 협박하는 것은 여간 심각한 문제가 아니다. 그런데 동물 학대에 처음으로 이론적 근거를 마련해준 철학자는 흔히 '근대 철학의 아버지'로 일컫는 프랑스의 철학자 르네 데카르트였다. 그는 인간과 달리 동물에게는 영혼이 없다는 이유로 동물을 무척 홀대하였다. 데카르트는 자연에서 영혼을 제거시켜 중세적 자연관을 밀어내고 그 자리에 기계적 세계관을 세움으로써 자연계의 만물을 물체의 위치와 운동으로 설명하려고 하였다.

이렇게 정신과 물질을 이원론적으로 구분 짓는 데카르트에게 정신적인 실체의 본성은 '사유하는 것(res cogiton)'인 반면, 물질적인 실체의 본성은 한낱 '연장되는 것(res extensa)'에  지나지 않았다. 데카르트가 젖소를 살아 있는 생명체가 아니라 우유를 생산하는 기계로 간주한 것은 너무나 유명하다. 그에게 젖소의 울음은 기능 장애를 일으킨 기계의 소음일 뿐이다. 이탈리아 여행 중 마부한테 채찍을 맞고 있는 말의 모습을 지켜보고 그만 정신을 잃고 땅바닥에 쓰러진 독일의 철학자 프리드리히 니체와 비교해보면 데카르트는 반생태주의자라고 할 수 있다.

『소원을 비는 나무』에서 포크너의 생태주의는 뭐니 뭐니 하여도 성 프란체스코와 관련한 마지막 장면에서 가장 뚜렷이 엿볼 수 있다. 일행과 헤어졌다가 다시 합류한 덜시는 숲에서 빠져나와 어느 계곡에 이른다. 그런데 그 계곡은 향기로운 냄새로 가득 차 있고, 그들이 계곡 앞으로 계속 걸어 나아가자 곧 서로 다른 색깔의 잎사귀 수천 개로 뒤덮인 나무 한 그루가 모습을 드러낸다.

"소원을 비는 나무다!" 덜시가 외쳤다.

"그런 것 같은데." 붉은 머리 소년이 맞장구쳤다. 하지만 나무에 가까이 다가가니 나뭇잎들이 공중으로 날아올라 나무 주위를 빙빙 맴돌았다. 그러더니 나무는 은처럼 반짝이는 긴 수염이 달린 키 큰 노인으로 변했다. 그리고 나뭇잎들은 온갖 색깔, 온갖 종류의 새들이 되었다.

위 인용문에서 "은처럼 반짝이는 긴 수염이 달린 키 큰 노인"은 다름 아닌 성 프란체스코이다. 경건하고 이름난 이 성인의 주위에는 언제나 새들이 빙빙 날아다니고 있었다. 그는 새들에게 설교했고, 새들은 날갯짓하며 그의 설교에 응답하였다. 그래서 성 프란체스코 하면 새, 새 하면 성 프란체스코가 자연스럽게 떠오른다. 프란체스코 성인은 비단 공중에 나는 새들만이 아니라 늑대 같은 들짐승들과도 다정하게 대화하곤 하였다.

은빛 수염을 길게 기른 노인이 바로 성 프란체스코라는

사실을 곧 알아차린 모리스가 그에게 인사를 건넨다. 성인이 "너도 잘 있었느냐, 모리스?"라고 묻는 것을 보면 이 두 사람은 서로 알고 지내는 사이인 것 같다. 화자는 이때에도 "온갖 색깔의 새들은 여전히 공중에서 주위를 맴돌면서 그의 어깨와 머리와 팔에 앉아 노래를 불렀다."라고 말한다. 모리스는 성인에게 덜시를 비롯하여 일행을 한 사람 한 사람 소개한다. 그러자 성인은 그들이 조금 전에 저쪽 숲에서 잎사귀를 땄던 나무가 바로 그들이 찾고 있던 '소원을 비는 나무'라고 일러준다.

"그런데 그 나무에 잎이 수천 개 매달려 있다고 상상해보렴. 그리고 수천 명의 남자아이와 여자아이가 그 나뭇잎을 하나씩 딴다고 상상해보렴. 그러면 다른 사람들이 찾아왔을 때 그 나무에는 잎이 하나도 남아 있지 않겠지?"

"네, 맞아요, 프란체스코 신부님." 덜시가 대답했다.

"그러니 그렇게 소원을 비는 것은 이기적이란다. 그렇지 않니?"

"네, 맞아요, 프란체스코 신부님."

성 프란체스코의 말대로 나무에 아무리 잎사귀가 많이 달려 있어도 지나가는 사람마다 한 잎씩 딴다면 머지않아 그 나무에는 잎사귀가 하나도 남지 않게 될 것이다. 잎사귀를 따는 사람에게는 한 잎일 뿐이지만, 나무로서는 잎사귀를 모두 빼앗기는 꼴이 된다. 그렇게 되면 헐벗은 나무는 앙상한 가지만 드러낸 채 서 있게 될 것이다.

그런데 여기에서 성 프란체스코가 말하는 나무는 '멜로맥스'라는 나무뿐 아니라 더 나아가 자연을 가리키는 제유(提喩)로 보아 크게 틀리지 않다. 하느님의 피조물인 자연이 언뜻 보면 무한정한 것 같지만, 한계가 있다는 사실을 넌지시 지적하는 말이다. 덜시 일행이 '이기적인' 소원을 빌기 위해 나무에서 잎사귀를 따듯이 인류는 그동안 '이기적인' 생각으로 자연을 정복하고 착취해왔다. 그렇게 수천 년 동안 자신의 목적에 맞게 자연을 정복하고 착취해온 대가를 지금 톡톡히 치르고 있는 셈이다.

앞서 데카르트를 언급했지만, 그와 거의 비슷한 시기에 활약한 영국의 철학자 프랜시스 베이컨도 접근 방법은 그와 달라도 자연을 착취하는 데 이론적 도구를 제공하였다. 베이컨이 "아는 것이 힘이다."라고 말했을 때 '아는 것'이란 곧 과학적 지식을 뜻하고 '힘'이란 자연을 조직적으로 파괴하는 과학과 기술을 뜻하였다. 심지어 그는 자연을 '고문해서라도' 자연의 참된 비밀을 밝혀내야 한다고 주장하기도 하였다. 성 프란체스코가 덜시에게 "그러니 그런 식으로 소원을 비는 것은 이기적이란다."라고 말한 것을 좀 더 주의 깊게 살펴보아야 한다. 인류는 그야말로 '이기적으로' 문명의 바벨탑을 건설해왔다. '문명'이라는 그럴듯한 이름으로 그동안 자연을 정복하고 착취하는 과정에서 인간이 아닌 다른 피조물에 대해서는 눈곱만큼도 관심을 기울이지 않았다. 관심을 기울이기는커녕 오히려 피조물을 하찮게 여겨왔던 것이 사실이다.

그런데 여기에서 한 가지 눈여겨볼 것은 성 프란체스코의 말에 덜시가 토 한마디 달지 않고 "네, 맞아요, 프란체스코 신부님."이라며 동의한다는 점이다. 여기에서 덜시가 멜로맥스 나무에서 잎사귀를 딸 때 그녀의 잎사귀가 푸른색으로 변했다는 점을 다시 한 번 떠올리는 것이 좋을 것 같다. 일곱 명 일행 중에서 생태 의식 지수를 매긴다면 덜시가 가장 높다. 포크너는 어쩌면 덜시 같은 어린이들을 지구를 지키는 미래의 청지기로 간주하는지도 모른다. 성 프란체스코는 덜시가 이렇게 자신의 말을 잘 이해하고 순순히 따르는 것을 보고 이번에는 나뭇잎을 주면 새와 바꿔주겠다고 제안한다.

"그럼, 너희가 가진 나뭇잎을 내게 주면 내가 그것을 다시 나무에 붙여놓으마. 그 대신 내가 가진 새를 너희에게 한 마리씩을 주도록 하마. 너희가 새에게 먹이를 주고 잘 보살피다 보면, 절대로 이기적인 소원을 빌지 않게 될 거야. 힘없는 것들을 보살펴주고 보호해주는 사람은 이기적인 소원을 빌지 않는 법이거든. 너희도 그렇게 할 수 있겠지?"

"네, 프란체스코 신부님." 그들은 한목소리로 대답했다.

성 프란체스코는 초자연적 능력이 있기에 나무에서 따낸 잎사귀를 도로 붙여놓을 수 있지만, 이러한 능력은 아무한  테나 있는 것이 아니다. 자연은 한번 오염되거나 훼손되면 되돌리기 어렵다. '가이아 가설'이라는 이론으로 유명한 영국의 생물학자 제임스 러브록은 한때 지구는 자정 능력이 있어 웬만한 오염은 스스로 정화할 수 있다고 믿었다. 그러나 그 뒤 그는 이제 지구가 그러한 능력을 상실한 것 같다고 비관적으로 전망하였다. 다시 말해 지구를 너무 오염시킨 나머지 자정할 수 있는 임계점을 넘어섰다는 것이다.

성 프란체스코는 다시 일행에게 새를 한 마리씩 나누어 주면서 먹이를 주고 잘 보살피라고 부탁한다. 요즈음 들어 지식인 사회에서 '타자(他者)'라는 용어를 자주 듣는다. 그동안 하도 많이 사용한 탓에 이제는 실오라기가 훤히 드러나 보일 정도로 닳고 닳은 용어가 되다시피 하였다. 프랑스의 사회학자 미셸 푸코가 사용하면서 널리 퍼진 이 용어는 '동일자(同一者)'와 대립하는 말로서 남성과 여성, 어른과 아이, 정상인과 비정상인, 이성애자와 동성애, 서구인과 비서구인 등의 이항대립에서 후자의 집단을 일컫는 말이다. 즉, '타자'란 권력 중심부에서 배제된 채 주변부를 서성이는 집단을 말한다. 그런데 이 타자의 범주에는 그동안 인간에게 억압받고 착취당해온 자연도 들어간다. 그리고 성 프란체스코가 덜시 일행에게 잘 보살펴주라고 부탁하는 '새'는 나무처럼 자연을 가리키는 제유에 지나지 않는다.

위 인용문의 후반부도 좀 더 찬찬히 주목해볼 필요가 있다. 성 프란시스코는 덜시 일행에게 "너희가 새에게 먹이를 주고 잘 보살피다 보면, 절대로 이기적인 소원을 빌지 않게 될 거야."라든지, "힘없는 것들을 보살펴주고 보호해주는 사람은 이기적인 소원을 빌지 않는 법이거든."이라고 말한다. 새처럼 보잘것없는 생물에 관심을 기울이기 시작하면 그 관심은 좀 더 넓어져 소나 말 같은 짐승으로 이어진다. 그리고 타자에 대한 이런 관심은 동심원을 그리며 계속 퍼져나가 마침내 모든 피조물에 확장될 수 있다.

이렇게 인간이 모든 피조물을 '이기적으로' 대하지 않는다면 세계는 아마 지금보다 훨씬 평화롭고 살기 좋은 곳이 될 것이다. 성 프란체스코가 꿈꾸던 세상은 바로 이렇게 인간을 포함한 모든 피조물이 균형을 꾀하면서 조화롭게 공존하는 세계이다. 그 세계는 다름 아닌 에코토피아, 즉 생태적 이상향이 될 것이다. 푸코는 프란체스코 성인의 이러한 생태적 이상향을 '인간 사회'라는 좀 더 세속적인 차원으로 끌어내린다. 푸코가 꿈꾸던 이상 사회는 바로 동일자와 타자, 중심부 사람들과 주변부 사람들이 더불어 살아가는 평등한 세계이다.

성 프란시스코가 옷자락 아래에서 꺼내어 덜시 일행에게 나눠주는 새들도 흥미롭다면 흥미롭다. 그들에게 나눠주는 새는 한 종류가 아니라 여러 종류이다.

그들은 가지고 있던 나뭇잎을 프란체스코 성인에게 주었고, 성인은 옷자락 아래서 고리버들 새장을 꺼내 덜시에게 새장에 들어 있는 파랑새 한 마리를 주었다. 성인은 또 다른 새장을 꺼내 붉은 머리 소년에게 새장에 들어 있는 꾀꼬리 한 마리를 주었다. 그리고 앨리스에게는 홍방울새를 주었다. 디키는 아직 어리고 덜시의 남동생이었기에 날개 끝이 푸르스름한 조그마한 흰 새를 주었다.

프란체스코 성인이 덜시에게 주는 새도 눈길을 끌기에 충분하다. 그 많은 새 중에서 하필이면 왜 파랑새를 주었을까? 덜시가 받은 파랑새는 소녀가 멜로맥스 나무에서 따낸 잎사귀가 푸른색으로 변한 것과 무관하지 않다. 이 동화의 마지막 장면에서도 덜시의 어머니가 소녀에게 "자, 이것 좀 보렴."이라고 말하면서 파랑새가 들어 있는 고리버들 새장을 내민다. 그러자 덜시는 기뻐서 그만 비명을 지른다.

이렇듯 덜시는 어떤 색깔보다도 푸른색과 가장 깊이 관련되어 있다. 좁게 보면 포크너가 빅토리아나 그녀의 어머니 에스텔에게 주는 사랑의 메시지로 간주할 수 있다. 범위를 좀 더 넓혀보면 하루가 다르게 망가져가는 지구를 지키는 임무를 어린이들에게 부여하는 희망의 메시지가 될 것이다. 성 프란체스코가 에그버트 노인에게는 아무런 새도 주지 않는 것을 보면 더욱 그런 생각이 든다. 지구를 지키기에 그는 이제 나이가 너무 많다고 생각하는 것 같다. 또한, 그는 이런저런 방법으로 지구를 망가지게 한 장본인 중의 한 사람일 것이다.

여기에서 다시 한 번 모리스 마테를링크의 『파랑새』를 떠올리는 것이 좋을 것 같다. 이 작품이 전하는 행복이란 먼 데 있지 않고 가까이 있다는 소중한 진리는 환경 문제에서도 거의 그대로 적용된다. 환경 문제를 해결하는 데에는 거창한 이론보다 작은 실천이 중요하다. 대수롭지 않은 것 같지만, 종이컵 하나 종이 한 장 아끼는 것이 곧 자연을 보호하고 살리는 지름길이다. 종이컵 하나 종이 한 장을 만들려면 나무를 벌목해야 할 뿐 아니라 펄프를 종이로 만들기까지 여러 공정을 거치면서 오염 물질을 많이 배출할 수밖에 없다. 불순물이 많은 유기물을 물리적·화학적으로 처리하는 과정에서 온갖 오염이 발생한다. 가령 목분(木粉)과 가스는 대기를 오염하고, 공장에서 나온 폐수는 수질을 오염하는 등 심각한 공해를 유발한다.

포크너가 이렇게 『소원을 비는 나무』에서 성 프란체스코를 언급하는 것은 이 동화를 '녹색 동화'로 만들기 위해서이다. 1980년에 교황 요한 바오로 2세가 성 프란체스코를 생태학자들의 수호성인으로 선포할 만큼 이 성인이 생태주의에서 차지하는 몫은 무척 크다. 앞에서 이미 「태양의 찬가」를 언급했지만, 이 시에서 그는 해와 달, 바위와 흙, 나무와 새 등이 하나같이 인간의 형제자매라고 노래한다. 그가 이렇게 자연과 다정하게 내화하고 노래 부를 수 있었던 것은 모든 창조물에서 창조주의 모습을 보고 그 숨결을 느꼈기 때문이다. 아직 자연과 환경이 오염되거나 훼손되지 않은

몇백 년 전 중세기에 그가 이렇게 자연 친화적 사상을 품고 있었다는 것이 놀랍기만 하다.

성 프란체스코의 이런 모습을 목격한 주위 사람들은 "그가 다른 이들에게는 닫힌, 사물의 비경(秘境)에 들어가는 입구를 찾았다."라고 증언하였다. 셸 실버스타인이 쓰고 삽화를 그린 그림 동화 『아낌없이 주는 나무』(1964)도 있지만, 성 프란체스코야말로 '아낌없이 주는 성인'이라고 할 수 있다.  20세기 초엽에 러시아 혁명을 일으켰던 블라디미르 레닌은 "내 생애에 성 프란체스코 같은 사람이 몇 사람만 있었더라면 피비린내 나는 혁명은 일으키지 않아도 되었을 텐데!"라며 아쉬워했다고 전해진다. 그만큼 생태주의 사상에서나 정치사상에서나 성 프란체스코가 차지하는 몫은 생각보다 훨씬 크다.

6. 어린이를 위한 동화인가, 어른을 위한 동화인가

윌리엄 포크너의 『소원을 비는 나무』는 일반적 의미의 동화와는 성격이 조금 다르다. 다시 말해 이 작품은 동화의 장르적 범주에서 조금 벗어난다. 무엇보다도 이 작품은 다른 동화와는 달리 줄거리가 지나치게 복잡하다. 사건이 복잡하여 어린이는 말할 것도 없고 어른도 주의를 기울이고 읽지 않으면 자칫 헷갈리기 쉽다. 특히 덜시 일행이 모험하던 중 몸의 크기가 달라지는 장면은 더욱 그러하다. 동화는 형식에서 무엇보다도 줄거리나 플롯이 단순해야 한다. 복잡하게 뒤얽힌 서사 구조는 성인들을 위한 소설에서는 어울릴지 몰라도 어린이들을 위한 동화에서는 실격이다. 음악에 빗대어 말하자면 동화는 어디까지나 합주(合奏)가 아니라 독주(獨奏)요, 교향곡이 아니라 소나타여야 한다.

더구나 포크너의 이 동화에는 어린이들이 읽기에 부적절한 내용이 적잖이 들어 있다. 예를 들어 키 작은 노인 에그버트와 그의 아내 매기 사이의 부부 관계만 해도 그러하다. 이 노인의 아내는 문을 열고 나와 남편이 제대로 일하지 않는다고 불평을 늘어놓으면서 그를 향해 다리미와 밀가루 반죽 밀대와 자명종 시계를 내던진다. 그러면서 아이들이 뻔히

보고 있는 앞에서 "이 게으름뱅이 건달 영감아! 집 안에는 저녁 지을 장작개비 하나 없는데, 여기 나와 앉아 낯선 사람들하고 잡담이나 하고 있으니!"라고 남편을 호되게 꾸짖는다. 또 남편을 향해 구두 한 짝을 내던지는 것을 보면 집에서 내쫓는 것 같기도 하다.

이러한 사정은 덜시의 유모 앨리스와 그녀의 남편 엑소더스 사이도 마찬가지이다. 앨리스는 군부대인 듯한 어떤 성에서 그동안 행방불명되었던 남편을 우연히 만난다. 앨리스는 매기와 마찬가지로 아이들이 있건 없건 아랑곳하지 않고 걸핏하면 남편을 몰아세우고 꾸짖곤 한다. 엑소더스가 "어이, 이거 앨리스가 아닌가?"라고 인사하자, 앨리스는 "그래 내가 앨리스 노릇을 단단히 해줄게유."라고 소리를 버럭 지른다. 그런데 원문에서 포크너는 '앨리스'를 동사형으로 사용하여 "I'll Alice you."라고 표기한다. 즉 '앨리스'란 앨리스 노릇을 해주거나 앨리스식으로 대해주겠다는 말이다. 평소 그녀가 남편을 혹독하게 다루었다는 사실을 뒷받침하는 말이다. 한번은 앨리스가 남편을 향해 나무토막을 내던지기도 한다. 그러면서 "아무 쓸데 없는 악당 같으니라구!" 하고 내뱉는다.

물론 엑소더스는 미국 남부의 전형적인 흑인이다. 더러

예외가 없는 것은 아니지만, 포크너의 작품에서 대부분 흑인은 살림살이와 자녀 교육을 모두 아내에게 맡겨둔 채 건달로 살아간다. 남편을 두고 앨리스가 딜시에게 "저 양반은 한때 내가 남편으로 생각하던 사람이에유. 그런데 한 달 치 집세만 남겨두고 나한테서 도망쳤지 뭐예유. 집에는 돼지 허리살 한 덩이 없는데 말예유. 정부가 저 양반을 어떻게 했는지 알아내려고 변호사 비용만 들였어유."라고 말한다. 그런데 앨리스의 이 말은 액면 그대로 받아들여도 좋을 만큼 엑소더스 같은 흑인 남자는 가장으로서 무책임하기 일쑤이다.

또 한번은 에그버트 노인이 실수로 소원을 비는 바람에 딜시를 비롯한 일행이 모두 벌레처럼 몸이 작아진 적이 있다. 혼자만 몸이 다시 정상으로 돌아온 엑소더스는 모자를 땅에 내려놓고 한 사람씩 아주 조심스럽게 집어서 모자 안에 넣는다. 그러자 앨리스는 "이 바보 멍텅구리! 나랑 이 어린아이를 조심해서 들어 올리지 못하겠어유? 그러지 않으면 모가지에서 머리통을 빼버리고, 등뼈를 부러뜨려 허리에 밀어 넣겠어유."라고 날카로운 목소리로 남편을 다그친다.

엑소더스가 아내에게 이렇다 할 말도 없이 집을 나가 군대에 입대하는 것도 어찌 보면 크게 무리가 아닌 듯하다. 집 밖에도 이렇게 남편을 다그치는 것을 보면 평소 집 안에서

는 더욱 바가지를 긁을 것이다. '엑소더스'라는 이름은 두말할 나위 없이 「구약성서」의 '출애굽기'를 가리키는 말이다. 이스라엘 백성이 모세의 인도로 이집트(애굽)에서 풀려났듯이 엑소더스도 앨리스의 굴레에서 해방되고 싶었는지도 모른다. 제1차 세계대전이 일어나고 미국이 참전하자 유럽에서 벌어진 이 전쟁은 그에게 더할 나위 없이 좋은 도피처가 되었을 것이다.

에그버트 노인의 아내 매기가 남편을 대하는 모습과 앨리스가 엑소더스를 다루는 모습을 목격하는 아이들은 '결혼'이라는 제도나 부부 관계를 과연 어떻게 생각할까? 긍정적인 영향보다는 부정적인 영향을 끼치게 될 것이 불을 보듯 뻔하다. 심리학자들에 따르면 부모의 행동이 나이 어린 아이들에게 큰 영향을 끼친다고 지적한다. 가령 부모의 불화나 이혼은 아이들을 우울증에 빠지게 하거나 스트레스에 시달리게 한다. 불행한 부모를 보고 자란 아이들은 아예 결혼을 포기하는 경우도 있다. 또 가정 폭력을 목격하며 자란 아이들은 커서 열에 아홉은 가정 폭력을 행사한다는 것이다. 요즈음 일간신문에서는 "말 못하는 냉가슴…… 매 맞는 남편 2년 새 두 배 증가!"라는 제호를 심심치 않게 보게 된다. 미국에서는 부모의 별거나 이혼이 급증하면서 편친(偏

親) 가정이 큰 사회 문제로 떠오르고 있다.

그러고 보니 포크너는 『소원을 비는 나무』에서 덜시의 어머니와 남동생 디키만을 언급할 뿐, 그녀의 아버지에 대해서는 한마디 언급이 없다. 가족사진에서 아버지의 모습만이 빠져 있는 격이다. 어쩌면 덜시는 편모 밑에서 자라고 있는지도 모른다. 텍스트 외적 문제를 잠깐 생각해보면 이 동화책을 선물로 받은 빅토리아는 하와이에 살고 있는 아버지와 헤어져 지금 어머니(에스텔)와 남동생(맬컴)과 함께 미국 본토의 남쪽 끝자락 미시시피 주 옥스퍼드에 살고 있다. 그래서 포크너는 일부러 덜시의 아버지를 언급하지 않는지도 모른다.

더구나 포크너가 『소원을 비는 나무』 사이사이에서 사용하는 해학이나 풍자도 어른을 위한 책이라면 몰라도 어린이를 위한 동화에는 그다지 걸맞지 않다. 이 동화에는 그의 작품이 흔히 그렇듯이 작가 특유의 해학과 풍자가 보석처럼 번뜩인다. 예를 들어 앨리스가 남편을 만나자마자 "저이하고 저이의 군대! 이제 난 저이하고 한바탕 전쟁을 치를 판이구먼유. 정말 그럴 거예유. 저이는 이제부터 내가 하려는 전쟁 같은 건 여태껏 한 번도 본 적이 없을 거구먼유."라는 말에는 절로 웃음이 나온다. 엑소더스는 군에 입대해 유럽 전투에 참가했다가 귀국하였다. 그런 사람을 두고 그녀는 그와 한바탕 전쟁을 치르겠다고 말하는 것이다. 그러면서 지금껏 그가 치른 어떤 전투보다도 힘든 전투가 되리라고 위협한다. 한편으로는 남편을 협박하고 다른 한편으로는 제1차 세계대전에서 미국이 한 역할이 별로 없다는 것을 넌지시 꼬집는 말이다.

이러한 해학과 풍자에 대하여 말하자면 앨리스의 남편 엑소더스도 아내에게 좀처럼 지지 않으려고 한다. 그는 자신이 지휘관이 된다면 기혼 여성을 전투에 투입할 것이라고 능청스럽게 말한다. 그런데 그 이유가 조금 엉뚱하다.

"만약 내가 전쟁을 지휘한다면 결혼한 여편네들을 한데 모아놓고 눈가리개를 쓰게 한 다음, 길을 가르쳐주면서 이렇게 말할 거구먼유." 앨리스의 남편이 말했다. "'이 방향으로 곧장 직진! 가다가 뭔가에 부딪히면 그게 바로 너희 남편이다.' 나 같으면 이렇게 전쟁을 지휘할 거구먼유."

"그러면 돈이 절약되겠네. 안 그런가?" 키 작은 노인이 말했다. "다리미랑 밀대를 다시 집어서 던질 수 있을 테니까."

엑소더스는 여성들이 전쟁터에 나가서도 집 안에서 남편 다루듯이 남성들을 다룬다면 틀림없이 전쟁에서 승리하리라고 말한다. 그의 말에서는 아군과 적군이 아닌 남편과 아내가 육탄전을 벌이는 장면이 떠오른다. 옆에서 이 말을 듣고 있던 에그버트 노인은 만약 적과 그렇게 전투를 벌인다면 돈이 절약될 것이라고 한마디 거든다. 총알은 한번 쏘면 다시 사용할 수 없지만, 다리미나 밀가루 반죽을 미는 밀대는 얼마든지 다시 집어서 무기로 사용할 수 있기 때문이다.

한편, 포크너 학자들에게 『소원을 비는 나무』는 앞으로 포크너가 쓰게 될 작품을 미리 예견할 수 있다는 점에서 자못 중요하다. 이 동화에서는 앞으로 그가 스무 편 남짓한 장편 소설과 일흔 편에 가까운 단편 소설에서 사용하게 될 작중인물, 배경, 모티프, 상징, 이미지, 주제 등을 비록 초기 형태로나마 찾아볼 수 있다. 예를 들어 덜시와 디키는 포크너의 가장 대표적인 작품이라고 할 『고함과 분노』에서 콤슨 집안의 딸 캐디와 그녀의 남동생 제이슨과 비슷한 데가 있다. 또 덜시와 디키의 유모인 앨리스는 콤슨 집안의 흑인 유모 딜지 깁슨과 여러모로 닮았다. 엑소더스는 『흙속의 깃발』(1974)에 등장하는 캐스피 스트로더와 비슷하다. 그런가 하면 에그버트와 매기 부부는 포크너의 『내 죽으며 누워 있을 때』(1930)와 『팔월의 빛』(1932), 그리고 '스놉스 3부작'에

주로 등장하는 '가난한 백인들'로 발전하게 될 것이다.

포크너는 성 프란체스코와 관련한 모티프를 이미 일 년 전에 『오월제』라는 우화에서 사용한 적이 있고, 앞으로 『고함과 분노』에서 다시 사용하게 될 것이다. 아시시의 성인은 이 장편 소설에서 "내 누이동생 죽음"이라는 구절과 관련하여 중요한 모티프로 발전된다. 포크너는 제1차 세계대전과 관련한 에피소드를 앞으로 『병사의 봉급』과 『흙속의 깃발』 그리고 『성단』(1931) 같은 작품에서 더 자세히 다룰 것이다.

 한마디로 『소원을 비는 나무』는 포크너 개인사로 보면 첫사랑의 관심을 되찾기 위한 시도에서 나온 부산물이다. 그의 문학 세계에서 보면 그가 앞으로 창조할 소우주 '요크너퍼토퍼 왕국'의 씨앗을 뿌린 텃밭이다. 포크너는 처녀소설 『병사의 봉급』을 출간하고 난 뒤 두 번째 작품 『모기』(1927)를 출간하기 직전에 이 동화를 썼다. 작가로서는 문단의 말석에 겨우 자리를 얻었을 무렵이다. 이 동화는 말하자면 음악가가 교향곡이나 협주곡 같은 대작을 쓰기 전에 습작으로 쓴 소품과 같은 작품이다. 소품이 흔히 그렇듯이 포크너의 이 작품도 작은 보석처럼 찬란한 빛을 내뿜는다.

소원을 비는 나무(이숲 청소년 03)

1판 1쇄 발행일 2013년 1월 20일
1판 3쇄 발행일 2014년 7월 20일
지은이 | 윌리엄 포크너
옮긴이 | 김욱동
그린이 | 돈 볼로네즈
펴낸이 | 임왕준
편집인 | 김문영
교정·교열 | 양은희
펴낸곳 | 이숲
등록 | 2008년 3월 28일 제301-2008-086호
주소 | 서울시 중구 장충동 1가 38-70(장충단로 8가길 2-1)
전화 | 2235-5580
팩스 | 6442-5581
홈페이지 | http://www.esoope.com
블로그 | http://esoope.blog.me
Email | esoope@naver.com
ISBN | 978-89-94228-58-7 43840
저작권 ⓒ 이숲, 2013, printed in Korea.